トカゲ（本当は神竜）を召喚した聖獣使い、竜の背中で開拓ライフ3

～無能と言われ追放されたので、空の上に建国します～

著　水都　蓮
Minato Ren
イラスト：saraki

登場人物紹介
スピカ
竜大陸にやってきた神竜の少女。魔族に脅されていた過去があり、誰に対しても下手《したて》に出がち。
エルフィ
人と竜、二つの姿を持つ神竜の女の子。キュートな見た目で、けっこう大食い。
レヴィン
トカゲを召喚し、エルウィン王国を追放された聖獣使い《ホーリーテイマー》。ひょんなことから竜の背で国を興すことになる。
カエデ
月の氏族を率いる鬼人族の女頭領。勇ましく振る舞うものの、根は引っ込み思案。

アリア
レヴィンの幼馴染の
神聖騎士《セイクリッドナイト》。
大人しい性格だが、
芯が強い。
エリス
竜大陸で暮らす暗黒騎士《ダークナイト》。
実は甘えたがりな、
明るい少女。
星《せい》蘭《らん》
セキレイ皇国の国王。
魔力量が多く、占いや
結界術に長《た》けている。
レヴィンの仲間たち
エリーゼ
ゼクス
リントヴルム

第一章

エルウィン王国の田舎《いなか》貴族に生まれた俺――レヴィン・エクエスは、《聖獣使い《ホーリーテイマー》》と呼ばれる強力な【S級天職《ジョブ》】を授かった。

《聖獣使い《ホーリーテイマー》》には聖獣《せいじゅう》と心通わせ、彼らを使役《しえき》する特別な能力がある。俺は貧乏《びんぼう》なエクエス領を発展させるために宮仕《みやづか》えの道を選び、この力で身を立てていくはずだった。

ところが、【聖獣降臨《せいじゅうこうりん》の儀《ぎ》】で俺は小さなトカゲを喚《よ》び出し、国王の不興を買ってしまう。そして無能と罵《ののし》られたあげく、国を追放されてしまったのだ。

故郷であるルミール村にも帰れず辺境の森を彷徨《さまよ》う俺だったが、ひょんなことから召喚したトカゲ――エルフィが伝説の聖獣である神竜族《しんりゅうぞく》のお姫様だと知る。

彼女の紹介で巨大な大陸を背負う第二の神竜リントヴルムと出会った俺は、彼を【契約《テイム》】し、その背に移住することになった。

竜大陸には広大な土地があり、なかでもかつて神竜たちが暮らしていたという古代都市は、朽《く》ちてなお在《あ》りし日の姿を想起させる壮麗《そうれい》なものだった。神竜文明はとても高度な技術力を持っていたらしい。そのうえそこには便利な魔導具《まどうぐ》に、地上にはない特殊《とくしゅ》な資源まで眠っていたのだ。

エルフィ曰く、竜の背の住人が増えるほど、様々な魔導具が使えるようになっていくのだという。

彼女たちに「竜大陸を再興したい」と頼まれ、俺の都市開拓ライフが幕を開けた。

それ以来、俺は竜の背を発展させつつ空と地上を行き来し、いろいろなトラブルを解決してきた。

隣国クローニアで過酷《かこく》な戦いに身を投《とう》じていた《暗黒騎士《ダークナイト》》の少女——エリスを助けたり、幼馴染《おさななじみ》で《神聖騎士《セイクリッドナイト》》でもあるアリアを、当時のエルウィン国王ドルカスの支配から救ったり……

ついにはクローニアを侵略《しんりゃく》しようと目論《もくろ》んでいたラングラン家の当主ドレイクと、彼に唆《そそのか》されたドルカスを打ち倒し、両国の戦争を止めることにも成功した。

そんなある日、俺はエルウィンの王位を継《つ》いだゼクスから、失踪《しっそう》した先王ドルカスの捜索依頼《そうさくいらい》を受けた。

そしてそれをきっかけに、かつて《聖獣使い《ホーリーテイマー》》を詐称《さしょう》した元同僚《もとどうりょう》のアーガスと、彼のもとにいたドルカスと再会を果たす。

アーガスはすっかり改心して、温厚で知能が高いゴリラのような幻獣《げんじゅう》——猩々《しょうじょう》に囲まれて慎《つつ》ましく暮らしていた。ドルカスを攫《さら》ったのも、自分と同様に過去の行いを悔《く》い改めてほしいと願っての行動で、もう悪い企《たくら》みができないように彼を監視《かんし》していたのだという。

アーガスによれば、猩々が暮らす森は謎の呪《のろ》いによる毒の瘴気《しょうき》に侵され、彼らは生息域《せいそくいき》を狭《せば》められていたそうだ。俺は心を入れ替えた彼と和解し、新たな住人として猩々たちを竜大陸に迎えた。

それと同じ頃、竜の背では同じく得体の知れない呪いに苦しむ空飛ぶイルカ……聖獣デルフィナスたちが見つかった。なんとか彼らの傷を癒《い》やしたものの、呪いの発生源は分からない。

やがて、俺はゼクスとクローニアの王女エリーゼに頼まれ、争っていた両国が和平を結ぶ手伝いをすることになった。

和平交渉を進める最中、俺たちは妨害《ぼうがい》に来た第三の神竜、スピカと巡り合う。

彼女は母親を人質に取られ、大昔に滅《ほろ》んだはずの魔族によって利用されていた。猩々とデルフィナスを襲った呪いは、自らと母親を実験台にされた怒りと憎悪《ぞうお》に呑《の》まれたスピカが振りまいたものだったのだ。

俺はエルフィをはじめとする頼れる仲間たちと協力して、その魔族の企みを阻止。無理矢理従わされていたスピカたちを解放したのだった。

◆　◆　◆

魔族の陰謀《いんぼう》を防ぎ、スピカを救出してしばらくした頃、竜大陸には奇妙なブームが生まれていた。

相変わらず手狭《てぜま》な我が家のリビングでごろごろしながら、エルフィが何かを夢中で読んでいる。

「エルフィ、一体何を読んでるんだ？」

「これのこと？」

エルフィが差し出したのは一冊の本だ。

ページごとに可愛《かわい》らしいイラストと文字が書かれているのだが……少なくとも絵本ではなさそうだ。初めて見る様式でいまいち読み方が分からない。

「これはなんだ？」

「今リントヴルムで大流行してるマンガだよ。メルセデスが市場で売ってた」

メルセデスさんは世界各地の品物を取り扱う商人だ。俺とエルフィが竜の背に移住したばかりの時に出会い、今も交流が続いている。

彼女は少し前から稼働《かどう》しだした竜大陸の国際市場にも出店していた。「市場」とは、そこのことだろう。

「マンガ……初めて聞くな。メルセデスさんが仕入れてるってことは、異国の品か？」

「なんだっけ……確か、『せきれい』って国のだって言ってた気がする」

セキレイ皇国《こうこく》！　ここでその名を耳にするとは。

大陸を南北に分断する大連峰《だいれんぽう》の東側に位置するその国は、俺が住んでいたエルウィンや隣国のクローニアとはまるで異なる文化を持つという。

独特な食文化に惹《ひ》かれ、たまにセキレイの食材を買いつけているものの、直接訪れたことはない。いつか行きたいなと思っていた場所だ。

「これは右上から左下に向かって読む。絵がいっぱいあるからとても読みやすい」

「へぇ。小説とは随分と違うんだな。なんだか新鮮だ」

エルフィに読み方を教わりつつ、ざっと目を通してみる。

このマンガ――『春《はる》に唄《うた》う』は、対立する二つの国に住む男女が主役の恋愛物語だ。

引っ込み思案な姫と勇敢《ゆうかん》な王子が、互いの立場を隠しながら交流し、惹かれ合っていく。

しかし両国の対立が深まり、国中に不穏《ふおん》な空気が漂《ただよ》って……というところで一巻が終わってしまった。これからの波乱を予感させる、先が気になる展開だ。

「セキレイで一番人気のお話なんだって。アリアとエリスも好きみたい」

そういえば時々、あの二人も夢中になって何かを読んでいたような気がする。

あれはこのマンガだったのか。

『春に唄う』はメルセデスさんが扱う商品の中でも人気なのか、リクエストしてもすぐに売り切れてしまうそうだ。

「続きがあるみたいなんだけど……まだまだ入荷待ち。買った人から借りるのも大変。猩々のみんながびっしり予約を入れてるから、私の番が来るのは一ヶ月後」

「回し読みしてるんだな。持ち主は誰なんだ？」

「ママのママ」

エルフィが言う「ママ」とは、彼女を召喚した俺のことだ。つまり、俺の母《ママ》さん《ママ》ってことか？

「母さんに借りたのか」

「そう。市場で珍《めずら》しいものを見つけて買うのが楽しいんだって。『春に唄う』もその一つ」

なるほど。貧乏だったルミール村は、竜大陸に移り住むまで嗜好品《しこうひん》なんてめったに買えなかった。

内職でいっぱいいっぱいだった母さんが、新しい趣味《しゅみ》を楽しんでいるならこんなに嬉しいことはない。

それにしてもマンガか……エルウィンで暮らしていた頃は、こういったスタイルの本があるなんて思いもしなかった。

これもセキレイの独特な文化の一つなんだろう。

「あっ、そろそろ行かないと」

マンガに栞《しおり》を挟《はさ》み、エルフィが立ち上がった。

「スピカのお見舞いか？」

「そう。まだ起きないかもしれないけど、気になるから様子を見てくる」

魔族の支配からは助け出したものの、スピカとその母である神竜、アイシャさんは一向に目を覚まさない。

現在二人についてはリントヴルムの背で保護しており、猩々のカトリーヌさんが運営する診療《しんりょう》所《じょ》で診《み》てもらっている。

そんな二人を心配してか、ここのところ、エルフィは毎日のようにスピカのもとへ通っていた。

「早くよくなるといいな」

「うん。やっと会えた仲間だから……」

エルフィは神竜族の同胞を捜《さが》していた。それだけに、ずっと目覚めないスピカたちが心配な様子だ。

◆　◆　◆

カトリーヌさんが今も原因を調べてくれているはずだ。彼女の知識と治療術に期待するしかない。

それから数週間ほどが経った。

俺は興奮して目を血走らせる猩々一の天才建築家……アントニオに連れられて、都市の中央——【神樹《しんじゅ》】のもとへ向かった。

青空を遊泳する雄々《おお》しい黒竜リントヴルム。その背中には広大な大陸が広がっており、中央にある巨大な神樹を囲うように壮麗な都市が築かれている。

そんな神樹の根本に、祖国エルウィンの王城もかくやという巨大な神殿が出来上がっていた。

アントニオが悔しそうに言う。

「本来であれば、派手な式典を開いてお披露目《ひろめ》したかったのだが……」

「みんな忙《いそが》しいからな」

それにしても、アントニオらしい見事な仕事だ。

俺たちの目の前にある精緻《せいち》な装飾《そうしょく》で彩《いろど》られた正門。これをくぐると美しい噴水《ふんすい》で飾《かざ》られた公園が広がる。周囲には尖塔《せんとう》の数々が立ち並び、来訪者を圧倒するだろう。

さらにその奥には、神樹の威容《いよう》にも負けないほど豪華な聖殿が待ち構えている。

アントニオ曰く、これらの建物は都市の中央を貫《つらぬ》く街道から眺める時に最も美しく見えるように計算されているらしい。

ゴリラダ・ファミリアと名付けられたこのでかすぎる建物こそ、俺とその家族、エルフィやアリアたち仲間の新居……ということになるのだが。

「大きすぎるんだよなあ……」

巨大な正門を見上げながらため息をつく。

竜大陸で暮らす住人たちにはそれぞれ屋敷を用意した。みんなの家作りが一段落したから、最後に俺たちの家も改装を……とアントニオに頼んだのだが、まさかこんなことになるとは。

都市を管理する魔導具を使えば、どんな建物でも簡単に【製造】できる。しかし、これはさすがに張り切りすぎでは……

「フハハハハ！　当然だ。あの巨大な神樹と調和するデザインで住居を作ればこうなる」

何が面白いのか、アントニオは大笑いしている。

当然ながら、神殿を住まいとして使うわけにはいかない。

俺たちは聖殿の近くに築かれた宮殿に住むことになるそうだ。

「そういえば、スピカたちももう移ってるんだっけ？」

「うむ。先日からカトリーヌ殿の新診療所が稼働しはじめたからな。そこで診てもらっているはずだぞ」

広すぎる敷地《しきち》を有効活用するために、俺は住民のみんなに役立つ施設を用意できないかと考えた。

そして完成したのがカトリーヌさんの新たな診療所だ。

優れた知能を持つ猩々だが、特にカトリーヌさんは治療術に関する造詣《ぞうけい》が深く、治癒魔法にも長《た》けている。

そこで、もともと構えていた小さな診療所から、より充実した設備があるこちらに移ってもらうことにしたのだ。

治癒の魔法は外傷を癒やす分にはよく効くが、風邪や病気などの根治《こんち》にはあまり向いていない。

カトリーヌさんの要望で、新しくできた診療所は診察や調薬を不便なく行えるように整えてあった。

「エルフィ殿はすでに診療所に向かったようだ。今日も見舞いに行ってあげているのだろう。これは私が用意した栄養満点の果実だ。彼女と一緒に食べてくれ」

アントニオが黄色く細長い果実を詰め込んだバスケットを渡してきた。

「これは……バナナ？　こんな大量にどうしたんだ？」

猩々の見た目は類人猿《るいじんえん》――特にゴリラに似ている。果物を好む猿《さる》もいると聞くし、もしかしたら好物も似るのだろうか。

両者の生態は異なるため、あくまで俺の空想にすぎないが……首を傾げていると、アントニオが口を開いた。

「実は、我ら猩々はバナナを食べたことがなかった。エルウィンには自生していないからな。だが、レヴィン殿の知り合いの商人……確かメルセデス殿といったか？　彼女にある奇妙な物語を勧められ、私は衝撃を受けた」

「奇妙な物語？」

「たくさんの絵とセリフが書かれた書物だ。セキレイ皇国独自の形式で、マンガと呼ばれているらしい」

マンガ……ちょっと前にエルフィが読んでいたが、まさかアントニオも知っていたとは。

「そこにはいきいきとバナナを頬張《ほおば》るゴリラが描かれていた。そんなに美味しいのかと思い、十房《じゅっふさ》ほど購入してみたのだが……これが実に甘美《かんび》だったのだ！」

「なるほど。メルセデスさんの宣伝に乗せられてたくさん買ったってわけだ」

「まあ。そうとも言える」

ともかく折角《せっかく》の気遣いだ。ありがたく頂戴《ちょうだい》しよう。

「よかったらアントニオも行かないか？」

「いいや。治療術に関してはさっぱりだからな。私はここでバナナを味わいながら、偉大な芸術品を眺めることにする」

自分の作品を鑑賞するというアントニオと別れ、俺は診療所に向かった。


神殿の内部は豪華絢爛《ごうかけんらん》な装飾に満ちていた。

そこかしこに実に優美な壁画が描かれており、芸術にはそこまで詳しくない俺でも胸に迫るものがある。

これらの絵は、アントニオが独自の解釈を交《まじ》えながら、かつて大陸を支配した【覇王《はおう》】と十二の英雄の戦いを表現したものらしい。

周囲の景色に見惚《みと》れつつ、中を進んでいく。

この神殿にはいくつもの部屋がある。たとえば奥には女神像を置いた礼拝所が設置されていて、猩々を含め、信心深い住人たちが毎日のように祈りに来ているのだ。

目的地であるカトリーヌさんの診療所は、確か神殿の左側にあったはずだ。

診療所を目指していると、ルミール村の人たちとすれ違った。

早速、カトリーヌさんにいろいろと相談しに来たみたいだ。忙しそうだから、彼女に挨拶《あいさつ》するのは後にしよう。

案内の看板《かんばん》に従って進んでいき、やがてスピカとアイシャさんがいる病室に辿《たど》り着いた。

俺は扉をノックし、ゆっくりと開ける。すると……

「そ、その……も、申し訳ありませんでしたので……」

部屋の中には土下座する赤い髪の少女と、それを見て困惑するエルフィの姿があった。

「……どういう状況？」

思わず呟くと、顔を伏せていた赤髪の少女——スピカがこちらを見上げた。

「えっと、その……私みたいな一般竜が、姫様にとんだ迷惑をかけてしまって……そのうえ母まで助けていただいて、感謝と申し訳なさでおかしくなりそうですので……」

スピカは俺たちを襲ったことへの謝罪と、救われた感謝とを一気に伝えようとして、とんでもない格好になったみたいだ。

確かに、土下座は謝意を示すために使われるものだが……

「セキレイから入ってきた文化だと思っていたけど……土下座って神竜が生きていた時代にもあったのか」

なんだか不思議な気分だ。

「ママ、どうすれば……？」

呆然としていたエルフィが、助けを求めるように俺に視線をよこす。

「その……こ、これからは姫様の従者として、誠心誠意《せいしんせいい》お仕えしますので……」

「そ、そこまでしなくていい。アイシャがまだ目覚めてないし、そっちをお世話してあげて」

エルフィが慌てて首を横に振った。

目覚めたスピカが元気そうなのは何よりだが、アイシャさんはまだ眠ったままだ。

そう思うとなかなか喜びにくい。

俺と同じ気持ちなようで、エルフィがさらに言う。

「とりあえず、アイシャが起きるようになんとかしないと。カトリーヌがいろいろと検査してるみたいだけど……」

「そ、そんな……ただでさえご迷惑をおかけしてるのに、そこまで頼るわけには……は、母のことはお気になさらず。その、大丈夫ですので」

「いやいや。ずっと眠りっぱなしなんだから、大丈夫ではないだろ」

思わずツッコんでしまった。

「そ、そうですよね……大丈夫じゃないですよね……お母さん……」

スピカが心配そうにアイシャさんを見つめる。

俺たちに対する申し訳なさからか、どうやら彼女は妙なテンションになっているようだ。

ここはひとまず、落ち着いてもらうか。

「目覚めたばかりで混乱してるだろ。お腹が空《す》いてるんじゃないか？　とりあえず、これでも食べながらいろいろ話をしよう。エルフィも食うだろ？」

俺はバナナが詰められたバスケットを差し出した。

「バ、バナナ……!!」

驚いたことに、真っ先に手を伸ばしたのは食いしん坊《ぼう》のエルフィではなく、スピカだった。

しかしハッと我に返ったように手を引っ込め、顔を真っ赤にする。

「あ、も、申し訳ないので……助けていただいた身でこんな……本当にはしたない、ダメな竜ですよね……」

俯きがちになったスピカが自嘲《じちょう》する。

なんだか以前とはかなり雰囲気が違う。

「なんだかおかしいね、ママ。前はなんか、もっと狂暴《きょうぼう》だったのに」

「そ、その節《せつ》は……本当に申し訳ありませんでした……」

「別に俺もエルフィも気にしてないよ。そもそも、君は無理矢理言うことを聞かされてたわけだし」

彼女が俺たちを攻撃してきたのは、クローニアの元宰相《もとさいしょう》……ゼノンのせいだ。

魔族である彼は、アイシャさんを人質にしてスピカの憎悪を煽《あお》り、自分の手駒《てごま》として扱っていた。

「それとこれとは、話が別だと思うので……」

「そうかな？　それよりもバナナを食べたらどうだ？」

「私も食べる」

手近な椅子に腰かける。早速、俺とエルフィはアントニオから貰《もら》ったバナナを頬張った。

美味《おい》しい！

さすがメルセデスさんの目利《めき》きだ。絶妙な甘さとみずみずしさだ!!

「あ……美味しそう……」

エルフィと同じく食いしん坊なのか、はたまたバナナが好物なのか、スピカは物欲しげな眼差しだ。

その様子を見て、エルフィがバナナを差し出した。

「よ、よろしいので!?　ひ、姫様からこのようなものを賜《たまわ》るなんて……一生大事に飾らせてもらいますので……」

「飾ってたら腐《くさ》っちゃう。今食べて」

「お、お任せください……！」

床に正座したスピカは身体を縮こまらせながら、ゆっくりとバナナを食べた。

「前にもサンドウィッチをいただいたのに……バナナまで恵《めぐ》んでいただいて、本当にありがとうございます……甘いものを口にするのは数年ぶりで……このご恩は一生忘れませんので……」

確かに、俺はスピカと初めて出会った時、お腹を空かせていた彼女にサンドウィッチをあげた。

その時も美味しいものを食べたと、やけに感動していたが……

「数年ぶりって……魔族のところにいた間は何を食べてたんだ？」

「よく分からない注射で栄養補給《えいようほきゅう》をしていました。『お前たちが物を口にする必要はない』と言われましたので……」

ふざけた話だ。

ゼノンたちはスピカとアイシャさんを捕らえ様々な実験をしていたようだが、その扱いの酷《ひど》さには怒りが込み上げてくる。

「ここで暮らすからには、食事の心配はしなくていいよ。食べたいものは俺がなんでも作るからな」

「そ、そこまでしてもらうわけには……私が作りますので」

「ふーん。スピカ、料理できるんだ？」

エルフィが問いかけると、スピカは目を逸《そ》らした。

「……できないので」

できないのか……

やはりスピカは俺たちに引け目があるらしい。いろいろ空回《からまわ》りしているのも、気を張っているからだろう。

これまでの経緯から、すぐに溶け込むのは難しいかもしれない。ただ、彼女とアイシャさんが不自由なく暮らせるように、俺も全力を尽くそう。

「シリウスはどうも忙しいみたいでな。ラングラン領の当主になったうえ、ゼクスの補佐《ほさ》をしているんだ。でも、君が……姉が目を覚ましたって聞いたら飛んでくると思うよ」

俺がそう言うと、スピカは目を輝かせた。

「……シリウスは元気にしているのですね。では、父は――」

「そのことなんだけど……」

どう声をかければいいか、思いつかない。

スピカの母、アイシャさんは遠い昔、魔族との戦いで夫を亡《な》くすと深い眠りについた。

その後、娘と共に長い眠りから覚《さ》めた彼女は、偶然出会ったドレイクと交流を深めて再婚《さいこん》。やがてシリウスという子を為《な》した。

ところがある日、アイシャさんは何者かによってスピカと一緒に攫《さら》われてしまう。そして魔族の実験台になってしまったのだ。

言葉を選びながら、スピカたちがゼノンの手の内に落ちて以降のドレイクについて語る。

愛する妻たちが誘拐《ゆうかい》されたことを知り、ドレイクは復讐《ふくしゅう》を誓《ちか》った。そして強大な力を得るために人や魔獣《まじゅう》を虐待《ぎゃくたい》する、手段を選ばない人物に成り果てたのだ。

かつて俺はドレイクと対立し、紆余曲折《うよきょくせつ》を経て、邪竜《じゃりゅう》に変身した彼を倒した。あれ以降、目撃情報は上がっていない。

ドレイクを倒すため、俺たちは強力な砲撃《ほうげき》を行う神竜文明の兵器【聖竜砲《せいりゅうほう》】を使った。あの攻撃を受けて生きながらえるのは難しいだろう。

ゼクスからは、「ドレイクは死んだものとして後処理を進めている」と聞いている。

遺体こそ見つかっていないが、きっと彼はもう……

「スピカ、ごめん。ドレイクは俺が――」

「……レヴィンさん。謝らないでください」

俺の言葉をスピカが遮《さえぎ》った。

「父は意外と頑丈《がんじょう》でしたので、もしかしたら生きているかも……いいえ。魔族の言いなりになった私と同じで、どんな理由があっても父の罪は許されないですので……でも、シリウスには会えたらいいなぁ」

俺はドレイクによって虐《しいた》げられた存在を見てきた。以前の暮らしに戻った人もいれば、どうしても馴染《なじ》めず猩々たちと共に竜大陸で生きることを選んだ人もいる。

自分の行動に後悔はないが……それでも、気まずさもあった。

沈黙をどう解釈したのか、スピカが身を縮ませた。

「お話に出てきたゼクス様は……私が竜大陸を襲撃した時にもいた、エルウィンの王様ですね。私、本当にいろんな人にご迷惑を……どう償《つぐな》えば……」

「あ、あの、ママ、スピカ。これ！　差し入れだって！」

俺たちの気まずい空気を察して、エルフィが助け船を出してくれた。

彼女が指差す先には、上質な木箱に収められたフルーツゼリーがある。

「ゼ、ゼリー……とても美味しそう……」

スピカがよだれを隠す。

ゼノンのもとにいた時の食生活（食ですらないが）のせいか、喉《のど》から手でも出そうだ。

エルフィによると、忙しくて見舞いに来られないことを詫《わ》びたシリウスが、眠り続ける姉と母のため、そして竜大陸で二人の面倒を見ている俺たちのために贈ってきた品らしい。

あとでお礼とスピカが目覚めたことを伝えなくては。

俺は心の中で彼に感謝しつつ、三人でいただくことにした。


「失礼します」

ゼリーを食べていると、白衣を着たカトリーヌさんが部屋に入ってきた。

「あら、スピカさん。お目覚めになったのですね。よかったです」

相変わらずお淑《しと》やかで、その所作《しょさ》は優雅だ。

「あ、ありがとうございます……母共々お世話になりましたので……」

スピカが慌ててゼリーを置き、床に手をついて謝ろうとする。

「なんでもかんでも土下座しなくていいんだ、スピカ。普通にお礼を言えば大丈夫だ。カトリーヌさんがびっくりするからな」

「は、はい。努力します」

俺たちのやり取りを見て、カトリーヌさんは首を傾《かたむ》けて苦笑した。

「レヴィンさんもいらっしゃっていたなら、よいタイミングですね。私なりにアイシャさんの容体を調べてみたのですけれど……」

俺たちはカトリーヌさんの報告に耳を傾ける。

「結論から言うと、彼女はなんらかの毒物を投与されています」

「毒物を……？」

カトリーヌさんによれば、その毒は生き物を仮死状態《かしじょうたい》にする非常に特殊なものだという。

「せめて毒の種類が特定できれば、解毒方法も模索《もさく》できるのですが……私が持つ本には該当《がいとう》するものがないようでして……」

難しそうな表情で、カトリーヌさんが分厚《ぶあつ》い書物に目を落とす。

図鑑《ずかん》だろうか？

横から覗《のぞ》いてみると……『毒《どく》を愛《あい》する全《すべ》ての人《ひと》に送《おく》る、オールカラー猛毒事典決定版《もうどくじてんけっていばん》』と書かれていた。

悶《もだ》え苦しむ人々の周りを蛇《へび》や蜘蛛《くも》が取り囲むという、なんともおどろおどろしい表紙が印象的だ。

……本当にこの本で大丈夫なのだろうか？

「あ、レヴィンさん、怪《あや》しんでますね？」

「い、いえ、そんなことは……」

「この本は、大陸で最も治療術の研究が進んでいる機関、エルディア聖教会《せいきょうかい》が刊行したものなのですよ。大陸中の主要な毒物の情報が、フルカラーで分かりやすく記載されていて、治療術を学ぶ者にとっては必携《ひっけい》の本なのです!!」

「な、なるほど……」

カトリーヌさんがかつてないほど熱弁を振るっている。

どうやら、治療術に通じる人の間では有名な書物らしい。

しかし、そんな本にも記載されていないとは。よほど珍しい毒なのか？

「この本でも特定できないということは、未発見の毒物の可能性があります。たとえば、人類がまだ足を踏み入れていない秘境で採れるとか、あるいは他国との国交がほとんどない地域のものであるとか……」

スピカたちを捕らえた魔族は、遠い昔に滅んだと伝えられてきた存在だ。

現に俺たちは、ゼノンが正体を現すまで魔族が生きながらえていたことを知らなかった。

そうなると、彼らは人目につきにくいところに拠点を構えている可能性がある。今回の毒も、そうした特別な場所で採取したものなのかもしれない。

「毒の特定ができないと、治療は難しいかな？」

「間違いなく時間はかかりますね……ですが、このまま手をこまねいているつもりはありません。アイシャさんの容体を見つつ、治療法を探してみせます」

専門的なことは俺には分からない。こればかりはカトリーヌさんに頼るしかないのだ。

「お願いするよ、カトリーヌさん。治療術に関しては素人《しろうと》だけど、俺にできることがあればなんでも言ってくれ」

「ふふ。ありがとうございます。いざという時は、お手伝いをお願いしますね」

ひとまず、アイシャさんのことはカトリーヌさんに任せよう。

彼女ならきっと、解決策を見出しくれるはずだ。

「あ、あの……えっと……」

何か言いたげな様子で、スピカがもじもじする。

「その、すみません……こ、こんな私たちのために……ここまでしていただいて……」

スピカは心の底から申し訳なさそうだ。

かつて俺たちを襲い、竜大陸やクローニアに甚大《じんだい》な被害を出したことを気にしているのだろう。

気持ちは分からなくはないのだが……それにしても彼女は自分を卑下《ひげ》しすぎる気がする。

「こういう時は『ありがとう』って言った方が、カトリーヌさんも嬉しいんじゃないかな」

「あ、すみま……あっ……」

またしても「すみません」と言いかけ、スピカがしどろもどろになる。

そんな様子を見て、カトリーヌさんは優しく笑った。

「スピカさん、ここにはあなたを責める人は誰もいませんよ」

「すみません……癖になってて……その……あの人たちのところにいた時は、何か失敗するたびに、罰《ばつ》としてお母さんが痛めつけられたから……」

スピカが絞《しぼ》り出すように話した。

「無理に事情を話す必要はないよ。思い出してもつらいだけだろうし……」

俺たちはクローニアによるエルウィンへの侵攻を止めるために動いていたので、スピカとアイシャさんを助けることになったのは結果論だ。ただ、こうして竜大陸で保護しているのにはちゃんと理由がある。

たとえスピカが竜大陸を脅《おびや》かした存在であっても……ゼノンたちに利用されていた分、ここでは穏やかに暮らしてほしい。そう思ったから、俺は二人の身柄を預かったのだ。

「そうだな……もし、竜大陸で世話になることに罪悪感があるなら、俺たちの手伝いをしてもらおうかな」

「手伝い……ですので？」

今、竜大陸はどこも人手が足りない。

国交を結ぶことになったクローニアの姫、エリーゼからもらった家畜《かちく》の世話に、農作業。【製造】で都市を発展させることを考えると、資材を集める人材も必要だ。それに竜の背は地上からの観光客を迎えている。市場の警備員や海エリアにできたリゾート地、アントニオが設計したテーマパークのスタッフなども欲しい。

この診療所だってそうだ。

カトリーヌさんが健康診断を行ったり、病人の診察をしたりしてくれているが……今のところ彼女と夫のアーガスだけで運営しているため、かなり忙しそうだ。

普段の仕事に加えて、スピカたちの容体も見ていたわけだから、その大変さは俺の想像以上だろう。

せめてアイシャさんを看病してくれる人材が現れれば、かなり負担を軽減できるはずだ。

「頼まれてくれるか？」

「も、もちろんですので……私にできることならなんでも……！」

スピカが勢いよく頷く。

そうなると、今後の課題はアイシャさんだ。

正体不明の毒物……どうにかして種類を特定したい。

どうしたものかと悩んでいると、出しぬけに部屋の扉が開いた。

入ってきたのは両手に大量の学術書を抱えた青年――アーガスだ。

「カトリーヌ、カトリーヌ!!　頼まれた資料、全部持ってきたよ!!　診察室にいなかったから、あちこち捜し回ったんだけど……あっ」

アーガスが俺とエルフィの存在に気が付いた。目が合った途端に頬をカッと赤くして、咳払《せきばら》いをする。

「レ、レヴィン様、いらしていたのですね。スピカさんもお目覚めになったのですか。元気そうで何よりです」

まるで子犬のようなはしゃぎようが鳴《な》りを潜《ひそ》め、礼儀正しい言葉遣いになる。

「アーガス。そろそろ俺を『様』付けで呼ぶのは、やめてもいいんじゃないかな」

俺がドルカスに国を追放される際、アーガスは暴言を吐いてきた。そのことに対する彼なりのけじめらしいが……やはり違和感は拭《ぬぐ》えない。

「いえ、レヴィン様は我々、猩々に居場所を与えてくれました。こうして、敬意を表するのは当然かと！」

「でも、俺も居たたまれないしなあ」

「そ、そういうことでしたら……レヴィン様、いえ、レヴィン殿？　レヴィンさん？」

「『さん』でいいんじゃないか。なんだったら別に呼び捨てでもいいぞ。大体、前は『クク……いいザマだな、レヴィン』とか笑ってただろ？」

「わ、忘れてください！　あれは私の過去の汚点《おてん》……黒歴史なんです!!　自分を《聖獣使い《ホーリーテイマー》》だと思いこんで、調子に乗ってたんです!!　本当に申し訳ありません!!」

アーガスがいっそう頬を赤くする。

当時はあまり愉快《ゆかい》な気分ではなかったが、和解した今となっては笑い話だ。

必死になって弁解するアーガスの姿を見るのはなんだか面白い。

とはいえからかいすぎるのも悪いので、ほどほどにしておこう。

「それじゃ、『レヴィンさん』にしてくれ。それにしても凄い資料の数だな。運んできてくれてありがとう」

アーガスが机の上に置いた本の量は凄《すさ》まじく、彼の背に迫るほど高く積まれている。

「カトリーヌがアイシャさんの治療のために頑張っているのですから、このくらい当然ですよ。あっ……そういえば」

アーガスが何かを思い出したようにポンと手を打った。

「ゼクス陛下が竜大陸にいらしているようで、レヴィンさん宛《あて》に伝言を預かっていたんです。『至《し》急《きゅう》、市場の迎賓館《げいひんかん》に来てくれ』とおおせでした」

「ゼクスが？　なんの用だろう」

特段、心当たりはない。

ゼクスはクローニアとの和平条約締結に向けて忙しくしていると聞く。ここ最近は手紙などでやり取りすることが多かったのだが、わざわざ空の上までやってくるとは……

「例の調印式についてでは？」

アーガスの指摘に俺は首を傾げた。

「そういえば、そんな話をされたような……」

「しっかりしてください。レヴィンさんはこの竜の背の王様なんですよ」

「王様って……そんなつもりはないんだけどなあ」

これまでエルウィンとクローニアでは、和平交渉に向けた会議が紛糾《ふんきゅう》していた。

というのも、先王であるドルカスが身勝手な侵攻を行ったことで、エルウィンに対するクローニア貴族の信頼が地に落ちていたからなのだが……そうこうしているうちに、今度はクローニアが戦争を仕掛けてきた。それも両国を争わせようとする一部の貴族の企みを見抜けず、あろうことか魔族を宰相に登用《とうよう》してしまった結果だ。

双方に過失が生まれたことで、互いに強く出られなくなったらしい。ゼクスとエリーゼの尽力もあって、和平の話し合いは順調に進んでいた。

幾度かの話し合いを経て、両国は正式に和睦《わぼく》を結ぶ運びとなった。そして、その調印式を行う場所としてリントヴルムの背が選ばれたのだ。

「すっかり忘れてたな……大事な話だし、すぐ行ってくるよ。スピカ、俺たちを手伝ってほしいとは言ったが、無理はしなくていいからな。今は休むのが仕事だ。任せたぞ」

「は、はい……頑張りますので……！」

スピカは気合十分という感じだ。

「エルフィはどうする？」

「ここに残る。スピカは昔の竜大陸に住んでいたけど、今は新人。私が先輩として見守ってあげるべき」

どうやら、スピカが馴染めるようにサポートに徹《てっ》するらしい。

俺はエルフィの頭を撫《な》でた。

「よしよし、偉いぞ。いろいろ助けてあげてくれ」

かくして俺は診療所を後にした。目指すはゼクスが待つ迎賓館だ。


都市の正面に築かれた市場は、対立するエルウィンとクローニアの交流の場として設《もう》けたものだ。今ではたくさん商人と観光客がやってきて、互いの特産品や文化を楽しんでいる。

その市場の中にそびえ立つ立派な屋敷こそ、アントニオが設計した迎賓館である。

近日中に行われる予定の調印式は、ここが会場となる手筈《てはず》だ。

まずいな。ゼクスだけではなく、クローニア国王の代理であるエリーゼも待たせてしまっている。

俺は足早に二人が待つ会議室へ向かった。

「お待ちしていました、レヴィン様！　ゼクス陛下とエリーゼ殿下はすでにおいでになっております」

「……何をしているんですか、ユーリ殿」

部屋の前でビシッと敬礼したのは、エリスの兄でありクローニアの近衛騎士団《このえきしだん》団長でもある、ユーリ殿だ。

エリーゼの護衛を務《つと》める彼がここにいることはおかしくない。おかしくはないのだが……

「自分は一兵卒《いっぺいそつ》として、職務を全《まっと》うしている最中であります!!」

「いや、そういうことじゃなくて……」

気になるのは、彼が身につけている衣装だ。

以前会った時、ユーリ殿は高級感のある黒い騎士装束《きししょうぞく》をまとっていた。ところが、今の彼は門兵じみたありふれた鎧《よろい》に身を包んでいるのだ。

まるで鍋《なべ》のように不格好な兜《かぶと》に、身を守るには心細くなるほど薄い胸当て、簡素なインナー……正直に言って、王族の護衛には似つかわしくない質素な装いだ。

俺は恐る恐る尋ねる。

「えっと、その格好は一体……」

「クローニア王国で採用されている鎧であります。主に見習いの兵士に支給される品ではありますが」

どうにも調子が狂《くる》う。ユーリ殿がこうして下級兵士のような畏《かしこ》まった喋り方をするところなど見たことがない。

「いえ、鎧の説明じゃなくて、どうしてそんな格好をしているのかをですね……」

「やはり、自分のような者にはすぎた装いでありましょうか⁉」

「だから、そういうことではなくて……」

なんとも話が進まない。どうしたらいいんだ、これは。

「あっ……やっぱり、レヴィンさんを困らせてる……！」

様子のおかしいユーリ殿に困惑していると、どこからともなくエリスが現れた。

「むっ。エリス、どうしてここに？」

「『どうしてここに？』じゃないですよ、兄様。エリーゼ殿下から、『ユーリの様子がおかしいからなんとかしてほしい』って頼まれてきたんです」

「おかしいとはどういうことだ？　私はいつも通りだが」

先ほどまでの話し方とは打って変わって、無愛想で厳格な口調だ。

これこそ俺が知るユーリ殿なのだが……一体、どの口で「いつも通り」と言っているのか。

「レヴィンさんも聞いてください。兄様は辞表を提出したんです」

「じ、辞表？」

一体どういうことだろう？

「当然であります。自分は祖国を裏切り、魔族に与《くみ》しました‼　そのような輩《やから》が騎士団にいるべきではないと判断し、除隊を願い出たのです」

ひょんなことからゼノンの秘密を知ってしまったユーリ殿は、妹であるエリスと実験台にされていたスピカたちの命を盾《たて》にされ、魔族の陰謀に力を貸さざるを得なかった。

「それはまた極端な……」

いや、生真面目《きまじめ》なユーリ殿らしいのか。

聞くところによると、彼が魔族に手を貸していた事実は伏《ふ》せられているらしい。

ゼノンの指示に従っていたことはほとんど知られておらず、クローニアの兵士たちは、戦場で魔族に立ち向かったユーリ殿の姿しか見ていない。

服従の呪いをかけられていたにもかかわらず、ユーリ殿はエリーゼを暗殺させまいと抵抗《ていこう》している。そのことからも、彼がクローニアに忠誠《ちゅうせい》を誓っていたのは明らかだ。

こうした事情に鑑《かんが》み、エリーゼとカール国王はこの事実を公《おおやけ》にしないことに決めたそうだ。

とはいえ、ユーリ殿としては罰を与えられず居たたまれなかったのだろう。

職を辞そうとしたものの認められず、最終的に平兵士に降格処分という形で落ち着いたらしい。

「気になったんだが……ユーリ殿が突然団長から降ろされたら、周りは不審に思うんじゃないか？」

エリスにそっと尋ねる。

そもそもユーリ殿と魔族の関係を隠すつもりなら、秘密裏に処罰するべきだろう。

こうして目に見える形で沙汰《さた》を下したら、余計な勘《かん》ぐりを招《まね》いてしまう気がする。

「それが……昔から兄様は仕事でミスをするたびに、それがどんなに些細《ささい》なことでも降格を願い出てまして……だからか周りもあまり気にしていないみたいなんです」

俺の耳元に両手を寄せ、エリスがこそこそと教えてくれた。

なるほど。いつもの奇行だと思われたわけか。

「レヴィン様！　近すぎであります!!　妹とは適切な距離を保《たも》っていただけないでしょうか!?」

畏まった丁寧な口調だが、ユーリ殿が有無を言わさぬ圧を発する。

彼はかなりのシスコンで、何かと厳しく監視しているのだ。

別に下心があるわけじゃないのに……

「あー……それじゃ、ゼクスたちが待ってるから」

これ以上ユーリ殿を刺激しないように、俺はそっとエリスから離れた。そそくさと会議室に入る。

部屋の中ではゼクスとエリーゼが待っていた。俺は遅れてしまったことを詫びる。

互いに挨拶と近況報告を済ませると、ゼクスが意外な話を切り出した。

「調印式の打ち合わせをする前に、報告したいことがある。国境付近の森でゼノンの死体が発見された」

「え……？」

急な話にあっけにとられてしまう。

ゼノンと対峙《たいじ》した際、俺たちはあと一歩のところでやつを取り逃がしてしまった。

それから、エルウィンとクローニアが行方《ゆくえ》を追っていると聞いていたが……

「どうやらなんらかの魔獣と遭遇したようでな。傷跡から推察するに、巨大な生物の爪《つめ》で引き裂《さ》かれたらしい。あの森にそれほど凶暴な魔獣が生息しているという噂《うわさ》は聞いたことがなかったが……

随分とあっけない幕引きだった」

ゼクスの言葉に、エリーゼがため息をつく。

「どうして我が国に潜《もぐ》り込み、あのような蛮行《ばんこう》に及んだのか。それを知る方法はなくなったみたいだね」

確かに、エリーゼの言う通りだ。古《いにしえ》に滅んだはずの魔族が、なぜ今になって動き出したのだろう。目的も含め、疑問は尽きない。

ゼノンの口ぶりから考えるに、魔族の生き残りは彼だけではなさそうだった。他の連中の居場所を知る機会を失ったのは手痛いかもしれない。

「気になる点はあるが、和平を阻《はば》む最大の障害はなくなった。紆余曲折あったが、父上が悪化させた両国の関係は少しはマシになりそうだ。貴族たちも、以前のように会議を掻《か》き回すことはないからな」

そう言ってゼクスが笑う。その顔はツヤツヤしていて、いつになく生気に満ちている。

どうやら、これまでのストレスが解消されて調子がいいらしい。

◆　◆　◆

会議室での打ち合わせから数日が経った頃。

地上と竜大陸を繋《つな》ぐ巨大な【トランスポートゲート】……通称、転移門を通り、カール国王がやってきた。

今日、エルウィンとクローニアの和平条約の調印式が行われる。

式典用に整えられた最上階の一室で、俺は手元の紙を読み上げる。

「エルウィン、クローニア両国の国境はエルウィン侵攻以前の状態……レインディアの森の南端《なんたん》とする。また、賠償金の支払いについては――」

国境は以前、俺がドルカスに放り込まれた森の南を境《さかい》とすることになった。

両国の戦いで被害を受けた人についても、これから補償《ほしょう》がなされるだろう。

「それではゼクス国王、カール国王、和平合意書に調印を」

内容を確認し、俺はゼクスとカール国王に水を向けた。

てきぱきと調印を済ませるゼクスに対して、カール国王の動きは鈍《にぶ》い。

無理もない。彼は病を患《わずら》っているそうで、本来なら起き上がることも難しい状況だ。それにもかかわらず、今回の調印式に臨《のぞ》んでいる。当初は体調が落ち着くのを待って式を執《と》り行うつもりだったが、彼のたっての要望でいち早い調印式が実現した。

恐らくは魔族のゼノンを登用し、その策に乗せられて判断を誤ったことを悔いての行動だろう。

「立会人として、私、レヴィン・エクエスが署名します」

さて、ここまでは何事もなく進んだ。俺のような下級貴族出身が任される役目ではないので、随分と緊張した。

最後にゼクスとカール国王が握手を交わせせば、この一連の騒動に終止符が打たれる。

「ゼクス国王よ……」

早速、カール国王がゼクスに歩み寄る。しかし、握手を交わすと思われたその瞬間、国王は膝《ひざ》を折った。

「此度《こたび》は本当に申し訳ないことをした……あろうことか魔族を国の重鎮《じゅうちん》に据《す》え、その魂胆《こんたん》を見抜けずに貴国へ戦争を仕掛けた。全て、わしの不徳《ふとく》の致《いた》すところだ……」

苦悶《くもん》の表情を浮かべながら、カール国王が謝罪する。

体調が思わしくない彼のため、今回の式典は簡略化して行うと聞いていたが……一件落着とする前に、どうしても謝りたかったみたいだ。

「カール国王よ。全ては魔族の邪《よこしま》な企みによるものです。そもそも、我が父ドルカスにも此度の戦争の発端を作った責任がある。私こそ、謝罪しなければならないのです」

突然の行動でゼクスも驚いているはずだが、それを感じさせずに頭を下げた。魔族に矛先を向けることで、両国の関係をいいものへ導こうとしているのだろう。

「しかし、それでは……」

「貴国とはよき隣人として、共に魔族の脅威に立ち向かっていきたいと思っています。どうかご協力願えないでしょうか」

「……分かった。貴殿に感謝を」

カール国王の突然の行動には驚いたが……調印式はつつがなく進行し、無事に閉式を迎えた。

しかし、事件はその直後に起こった。

「ぐっ……ぬおああああああ……!!」

カール国王を見送るため、みんなで転移門に向かっていた時のことだ。

国王が突然、胸を押さえて苦しみ出し、倒れ込んでしまったのだ。

「お父様……！」

咄嗟《とっさ》に隣を歩いていたエリーゼが支えようとするが、足をもつれさせてしまう。

あわや転倒……というところを救ったのは、その様子を物陰《ものかげ》から窺《うかが》っていたスピカだった。彼女はエリーゼに断って丁寧にカール国王を抱えると、急いで竜大陸の診療所へ連れていった。


カトリーヌさんの看護を受けて、ベッドに寝かされた国王はゆっくりと目を開ける。

「神竜の少女か……貴公がわしをここに運んでくれたのだな。礼を言う」

「私からも……助けてくださって本当にありがとう、スピカさん」

エリーゼも感謝を伝えると、スピカは慌てて首を横に振った。

「い、いえ……むしろ私はお二人に――クローニアに、とても大きな損害を与えてしまいましたので……本当にごめんなさい」

土下座でもしようかという勢いで、スピカが深々と頭を下げた。エリーゼの誕生パーティーを襲撃したり、エメラルドタワーを破壊したり……ゼノンに命令されたからとはいえ、重大な事件だ。

「事情はエリーゼとユーリから聞いて……おる。あやつの真意を見抜けず……結果的に、貴公とその家族を苦しめることになってしまった。ゼノンを野放しにしたわしこそ、謝罪すべきだろう。本当にすまなかった」

「あ、頭を下げないでください……王様はご体調が……」

スピカの言う通りだ。カール国王は息も絶《た》え絶《だ》えな様子であり、こうして話しているだけでもかなりつらいはずだ。

「すま……ぬ……どうやら身体が言うことを聞かぬようじゃ……しばし、眠らせてもらえるだろうか……？　エリーゼよ、あとは任せるぞ……」

そう言うと、カール国王は再び目を閉じてしまった。

◆　◆　◆

和平条約調印式から一週間が経過した。

カール国王は眠りについたきり目を覚まさない。式に同行していた国王専属の治癒術士に頼まれ、俺たちは竜大陸で彼の身柄を預かっていた。どうやら安静が必要ということらしい。

エリーゼは国王の病状を伝えるために自国へ戻っていったが、あちらも混乱しているようだ。

アイシャさんといい、カール国王といい……ゼノンと関わった人たちが、謎の昏睡状態《こんすいじょうたい》に陥《おちい》るとは。カール国王は持病と言っていたが、もしや何か関係があるんじゃないか？

俺は二人の容体を確認するため、診療所にやってきた。

顔をしかめたカトリーヌさんが、いくつかのメモと資料をめくっている。

「カトリーヌさん、何か分かったか？」

「レヴィンさんも察していらっしゃるかもしれませんが、カール国王の病はただの病ではありません……」

額に手を当て、カトリーヌさんがそう話す。

「彼の病と、アイシャさんの昏睡。これらの原因は同じものだと思います」

ということは、例の毒物が使われたのか……

「専属の治癒術士の方からカール国王の病状を伺《うかが》ったんですが……彼が床《とこ》に臥《ふ》すようになったのは、ここ数年のことらしいのです」

カトリーヌさんが聞いた話によれば、カール国王が病を患うようになったのは、ゼノンが頭角を現し始めたのとほぼ同時期だそうだ。

そもそもあの魔族が一目置《いちもくお》かれるようになったのも、自らが調合したという薬で国王の命を救ったことがきっかけだという。

「もしかしたら、ゼノンはなんらかの手段でカールさんの食事に毒を盛り、定期的に解毒を行うマッチポンプを繰り返していたのかもしれません。治療術をこのような形で悪用するなど、とても度《ど》し難《がた》い行いです」

カトリーヌさんの語気が強い。温厚な彼女がここまで怒りを露わにするのは珍しい。

彼女自身、治療術を学ぶ者として、許せないのだろう。

「そういうことなら……毒についての手がかりが、ゼノンの私物に残ってるんじゃないか？」

アイシャさんはある研究施設に囚《とら》われていたのだが、こちらは俺たちがゼノンの企みを暴きに行った隙《すき》に何者かによって荒らされていた。おかげでどんな研究が行われていたかは、スピカとユーリ殿の証言から推察するしかない状況だ。

ゼノンは施設を転々と移していたそうだから、スピカたちの協力を得て探しているものの……進《しん》捗《ちょく》は芳《かんば》しくない。

情報が残されているとしたら、突然逃げ出す羽目になったゼノンの私室や執務室だろう。

「私もそう考えました。そこでエリーゼ殿下に調べていただいたんです」

さすがカトリーヌさんだ、行動が早い。

一度席を外した彼女が、何かを手にして戻ってくる。

カトリーヌさんが持ってきたのは、まるで血のような色をした一枚の花びらだ。直接触れないようにするためか、透明な袋に入れられている。

どういう理屈か分からないが、その花弁はぼうっと光を発していた。

見ているだけで不安になるような、おどろおどろしさがある。

「なんだか不気味だな……」

「どうやら、ゼノンはこの花を用いて毒を生成していたようです。これを分析すれば解毒薬が作れるかもしれないのですが、花びら一枚しか残されておらず……」

カトリーヌさんが目を伏せる。なるほど。かろうじて手がかりが掴めたわけだが……情報が少なすぎる。

もっとちゃんと資料が残っていればよかったのに。

「せめて、産地が分かれば採取に行けるんだけどなあ。カトリーヌさんは何か心当たりがあったりしない？」

「こうして不気味に光る花については何も……ですが私の知る限りだと、この花は大陸の東――セキレイ皇国固有の品種によく似ています」

「本当!?」

「はい。しかしその固有種には神竜を昏睡させるほどの強い毒性はありませんし、光を発することもなかったはずで……」

「でも、セキレイに向かう価値はあると思う。手の空いている人を集めて採ってくるよ」

落ち込んだ様子のカトリーヌさんに向かって、俺は胸を叩いた。

「よろしいのですか？」

「もちろん。アイシャさんもカール国王もずっと苦しんでるんだ。早く助けてあげないと」

スピカやエリーゼも気が気ではないだろうし、早く二人を安心させたい。

それに、こんなことを言っている場合ではないのは分かっているが……レシピ本でしか知らなかったセキレイの地を訪問できるのは、少し楽しみなのだ。

「ありがとうございます、レヴィンさん。どうかよろしくお願いいたします」

こうして、セキレイ皇国へ旅立つことになった。

診療所を出た俺は、その足で新居に向かった。家族と仲間たちに、カトリーヌさんから聞いた話とこれからの目標を伝える。

「へぇ……セキレイに行くんだ。それなら私も行く」

真っ先に手を上げたのはアリアであった。

「未知の土地にレヴィン一人で乗り込むのは危険。エリスも一緒に来るでしょ？」

「ええ⁉　私もですか⁉」

自分が呼ばれるとは思ってなかったのか、エリスが素《す》っ頓狂《とんきょう》な声を上げた。

「何が起こるか分からないし、腕が立つ人がいるに越《こ》したことはない。その点、エリスがいれば安心」

「そ、そういうことでしたら、私もご一緒するのはやぶさかではありません‼」

アリアの信頼に気をよくしたようで、エリスは誇らしげに胸に手を当てた。

「もちろん、私もついていく。ママを守るのは私の役目」

「みんながいてくれれば心強いよ。それじゃ早速、セキレイへ向かおう」

俺はリントヴルムに頼んで東へ針路《しんろ》を取った。

エルウィンとクローニアの国境から東へ向かうと、大陸を北と南に分断するかのようにそびえる険《けわ》しい連峰――ランペトゥーザ大連峰がある。

その東端には巨大な大山《たいざん》がそびえ立つ。周囲の山々と比べて特に大きく、横から見ると台の形をしているのが特徴だ。周囲は切り立った崖《がけ》になっており、広大な頂《いただき》を持つ。

セキレイ皇国はその山頂にある国だ。

連峰に沿って東に飛んでいくリントヴルムの前に、やがて轟々《ごうごう》と吹き荒れる嵐《あらし》の柱が立ちはだかった。

セキレイへの突入に備え、外に出ていた俺とエルフィ、アリア、エリスは、その景色を見て息を呑む。

「なんだ、あれは……」

それは天を衝《つ》くほどに巨大な、積乱雲《せきらんうん》の柱だった。

目的地……セキレイがあるはずの大山は、激しい雷雨と暴風が渦巻《うずま》く嵐の壁で包まれていたのである。

竜大陸には天候や気温を調整する神樹の加護がある。接近しても大きな影響はないはずだ。

だがあれほどの嵐だ。神樹の力は信じているが、もし都市のみんなに被害が出てしまったらと思うと迂闊《うかつ》に突っ込めない。

俺はリントヴルムに指示を出し、ひとまずそこから離れることにした。


自宅に戻った俺たちは、改めて中への侵入方法を模索する。ところが……

「中止‼　中止‼　中止‼」

椅子に座るや否や、アリアが興奮した様子で叫んだ。

「急にどうしたんだ、アリア？」

「『どうしたんだ』じゃないよ。あんな危険な場所だなんて聞いてない！　人が行けるようなところじゃないよ」

「だけど、アイシャさんとカール国王を治療する手がかりがセキレイにあるんだ。アリアだって、二人を助けたいだろ？」

「うっ……そうだけど……」

アリアが複雑そうな表情をする。

「でも、レヴィンの身に何かあったら……私、耐えられない。昔からレヴィンは、人のために無茶ばかりするし」

「えっ、そんなことはないと思うが」

俺が首を傾げると、アリアは目を剥《む》いた。

「ある!!　小さい頃も、レヴィンは私がいなくなるたびに村の外まで捜しに来て……何度もぼろぼろの傷だらけになってたでしょ？　忘れちゃったの？」

「あったわねぇ。そんなこと」

母さんが呑気《のんき》な口調で相槌《あいづち》を打った。

「そうだっけ？」

アリアは幼くして実の両親を亡くしている。

俺の家族やルミール村のみんなが気にかけていたが、それだけでは寂《さび》しさは埋められなかったのだろう。子どもの頃のアリアはたまに村を抜け出し、死んだ両親が恋《こい》しくて一人で涙を流していた。

確かに、帰りの遅いアリアを迎えに行った記憶はあるが……しょっちゅう怪我《けが》なんてしたっけ？

「そうなの!! 木の上から私を捜そうとして足を滑らせたり、狼《おおかみ》に飛びかかったり……とにかくいろいろあった！」

「レヴィンさん、昔から心優しい方だったんですね」

エリスは微笑ましそうに笑っているが、正直ちっとも覚えていないんだよな……

「そういえば……ママはまだ卵にいた私を守ろうとして剣で斬られていた。アリアが心配するのも分かる」

顎《あご》に手を当てていると、エルフィが余計なことを言い出した。

「待って、レヴィン……どういうこと？ 私、そんなの聞いてないよ？」

アリアが冷たい眼差しでこちらをじっと見つめてくる。

「そ、そんな大した話じゃないぞ。傷はもう塞《ふさ》がってるし」

「きっと聖獣降臨の儀での出来事だよね？ 斬った人って誰？ もしかして、あの元国王様の命令？」

俺の肩を掴んで圧をかける。

よほど怒っているのか、目力がとても強い。

「とにかく、レヴィンさんは無茶しやすい性格なのは確かですね。戦争を止めるために、金鉱山を破壊したことだってあるんですから。アイシャさんたちを助けたいからとはいえ、それでレヴィンさんが命を落としてはいけません」

「エリスならそう言ってくれると思ってた。とにかく、セキレイには行かせられないよ」

アリアが頑固《がんこ》に主張するが、そうはいかない。

別の治療方法が見つかる保証はないから、原因であろう毒の花を採取して研究するのが最善策なのだ。

「まあ、一度は他のやり方を考えてみましょう。何より、セキレイについての情報が足りません。あの嵐の壁だって、すぐに消えるものかもしれませんし……詳しい人に話を聞きたいですね」

エリスがアリアを宥《なだ》め、新たな意見を出してきた。

「それならメルセデスさんはどうだ？　彼女はセキレイ産の商品をいろいろ扱っているから、もしかしたら嵐についても知っているかもしれない」

メルセデスさんは、竜大陸の市場で店を構えている。

仕入れのために留守にしていることも多いが、試しに会いに行ってみよう。


さて、メルセデスさんを探して市場に来た俺だったが……

「……どうしてエリスもついてきたんだ？　別に俺一人でもよかったのに」

セキレイと嵐についての情報を聞くだけなので、わざわざ複数人で行く必要はない。現に、他のみんなは別の手段を模索してくれている。神竜文明の資料をあたったり、ゼクスとエリーゼに事情を伝えに行ったり……それぞれ手分けして働いているのだ。

一体エリスはどうしたんだろう。

「えぇっと……個人的に、メルセデスさんに聞きたいことがありまして」

エリスがごまかすような笑みを浮かべた。妙に濁《にご》しているが、言いづらいことなのだろうか。

そういえば、エリスはセキレイの料理――和食をいたく気に入っている。もしかして、向こうの食材を買い付けたいとかか？

「よく分からないけど……とにかく店に行こうか。転移門のすぐ側に出店してるはずだから」

最初期から市場に参加していたメルセデスさんは、市場で最も目立つエリアに出店していた。

さすが、商人だけあって、商機には敏感だ。

俺たちが店――『メルセデス商会』の扉を叩いた瞬間、背後から声がかかった。

「おや？　レヴィンさんとエリス様じゃないか！　今日はどうしたんだい？　二人きりで買い物とはお熱《あつ》いね」

いたずらっぽく笑いつつ、メルセデスさんがからかってくる。

「そ、そんなんじゃありませんよ。私はその、探し物が……いえ。それより大事な話があるんです！」

「大事な話？」

怪訝《けげん》そうなメルセデスさんに、俺は事情を説明した。

アイシャさんが未知の毒物に侵されていること、その原材料と思《おぼ》しきものがセキレイにあること……そして本題であるあの国を覆《おお》う嵐の壁について聞いてみる。

メルセデスさんは旅商人だ。これまでだってセキレイの品を仕入れていたんだから、きっとあの中に入る方法を知っているだろう。

「なるほど、そのことかい。このリントヴルム、随分とセキレイに近づいていくなとは思っていたけど……そういう事情だったんだね」

この市場からも、セキレイを覆う嵐がはっきりと見える。

吹き荒れる暴風雨を気にしていたみたいだ。

「どういう理屈かは分からないけど、もともとセキレイはああして嵐の壁に覆われることがあったんだよ。そうなると私ら商人も入れなくてね。だけど、あれほど激しいのは初めてだ」

「どうにか嵐を越える手段はないでしょうか」

俺が尋ねると、メルセデスさんがうーんと首を傾げた。

「今までは一週間くらいでやんでたんだけど、今回は半年近く続いているしね……」

「は、半年……？」

つまりセキレイは、半年もの間、外部との交流を断っているということか？

嵐の壁の向こうで、一体何が起こっているんだろう。

「以前はワイバーンを用意した若いやつが、度胸試しがてら嵐を越えていくって噂は聞いたけどね」

「それって大丈夫なんですか？」

「嵐さえ抜けちゃえば、向こう側は晴れてるんだよ。もしかしたら、この竜の背みたいになんらかの手段で天候を調整しているのかもね。それに嵐の壁は、てっぺんほど風雨が落ち着いているらしいんだ。若い連中が乗り込む時も、なるべく上空から行こうとするって話を聞いたことがあるよ」

これはかなり有益な情報かもしれない。

「しかし……今回は異常だからね……ワイバーンや神竜で乗り込むにしても、万が一落ちた時に備えてパラシュートは必須だ。実はうちでも取り扱ってて――」

そう言いかけて、メルセデスさんが沈黙した。

「どうしたんですか？」

「ごめん、今のはなしにしておくれ。さすがにあの風じゃ、パラシュートがあったところで安全とは言えないね。とにかく、何か保険をかけるべきだよ」

確かに。嵐を越えられたとしても、高所でバランスを崩したら無事で済む保証はない。

かといって、アイシャさんやカール国王の容体を考えると……悠長《ゆうちょう》に嵐が収まるのを待っているわけにはいかない。

「分かりました。じっくり考えてみます。情報、ありがとうございます」

「どういたしまして。レヴィンさんたちが無事にセキレイに入れるよう、祈ってるよ」

ひとまず嵐の壁についての情報は手に入った。

とはいえ、実際どうしたものか。屈強な肉体を持つ神竜のエルフィなら、雷雨の中でも飛べると思う。しかし娘のような存在を危険にさらすのは気が進まない。

「ところで、エリス様の用事はなんだったんだい？」

メルセデスさんが話題を切り替えた。

そういえば、エリスはエリスで何か聞きたいことがあるんだっけ。「探し物」とか言ってたような……

彼女が恥ずかしそうに口を開く。

「あ……えっと、それは……その、ホクセイ先生の新刊が欲しくて」

「ホクセイ先生？」

初めて聞く名前だ。「新刊」ってことは作家のペンネームだろうか。

「なるほど。エリス様も『春に唄う』にどハマりしたんだねえ」

そういうことか。

エリスの用事とは、メルセデスさんにマンガの在庫を聞くことだったらしい。

母さんが購入し、竜大陸で大ブームになった『春に唄う』……夢中で読みふけっていたエルフィから、エリスも愛読者だと聞いていた。

「ホクセイ先生の描くお話はとても優しくて繊細《せんさい》で……大好きなんです!!　主人公とヒーローの恋模様がもどかしくて、早く続きが読みたいんです!!」

「そんなに喜んでくれたなんて、商人冥利《しょうにんみょうり》に尽きるよ。だけど、ごめんね～。あれはセキレイで開発された特別な印刷技術がないと刷《す》れないから、数が少ないんだ。それに嵐の壁がある今は、仕入れもままならなくてね」

「そ、そうですよね……」

それを聞いて、エリスは少し……いや、相当がっかりしたようだ。

マンガについて語る様子は、凄まじい熱の入りっぷりだった。筋金入りのファンみたいだ。

「エリス。セキレイに行けば毒の花を探すついでに、マンガの続きも買えるんじゃないか？」

「っ⁉ 確かに……‼」

「そうだね。人気作だから、向こうでも品薄かもしれないけど……きっと増刷してるはずだし、根気よく探せば見つかると思うよ」

「よし、今すぐ行ってきます。レヴィンさん」

メルセデスさんの言葉を聞いて、エリスが目を輝かせた。

両手でぐっと拳《こぶし》を握り、気合に満ちた表情で俺に迫る。

「き、気持ちは分かるが……まずは安全に突入する方法を考えないと」

俺は思考を巡らせる。

通常の嵐にワイバーンで突入した者がいるのならば、神竜なら大嵐を越えていけるだろう。リントヴルムなら……いや、神樹が竜大陸の天候を操作しているとはいえ、もしかしたら風雨の影響があるかもしれない。都市のみんなを巻き込んで危ない橋を渡りたくない。

風が落ち着いているというてっぺんから、エルフィに乗り、パラシュートを着けた俺が突入するというのはどうだろう？

かなり無茶だが、セキレイ側は晴れているなら勝算はある。

……正直な話、エルフィと一緒に上空から突っ込むというのが一番うまくいきそうだ。ただ、娘のような存在を危険にさらすのは心配だ。

それに、パラシュートの代わりになるような保険に心当たりがないし……

「……いざとなったら俺が一人で向かうにしても、安全策が――」

「レ～ヴィ～ン～！」

そう言いかけた時、どこからともなく声が聞こえてきた。

聞き慣れたアリアの声だ。周囲を見回すが、声の主《ぬし》は見つからない。

聞き間違いか？

「レ、レヴィンさん、上です!?」

「ど、どいて、どいて!!　わぁあああああ!?」

エリスが何かに気付いた瞬間、俺は強い衝撃を受けて地面に転がった。

突っ込んできた物体――アリアごと、土埃《つちぼこり》にまみれる。

なんと上からアリアが降ってきたのだ。

「レ、レヴィンさん!?　アリアも大丈夫ですか!?」

突然の出来事にエリスが慌てている。

俺はなんとか身体を起こし、アリアをそっと抱えて立ち上がった。

《神聖騎士《セイクリッドナイト》》という強力な天職を持つ彼女だが、身体は驚くほど軽い。ちゃんとご飯を食べているのか心配になる。

「ごめん。ありがとう、レヴィン」

「別に気にしてないけど……今、どこから来たんだ？」

エリスが「上です」とか言っていたけど、俺はその瞬間を見ていない。

空を飛べる神竜でもあるまいし、一体どうやって？

「あ、そう。レヴィンにこれを見せに来たの」

そう言って、アリアが両足をばたばたと動かした。

小さな足を覆う靴《くつ》に、なぜか可愛らしい羽が生《は》えている。

「翼が付いた靴……？　まさか、この靴で空を飛んできたのか!?」

俺は彼女を地面に下ろし、聞いてみた。

竜大陸の都市管理機能には、任意のアイテムを作る【製造】に、どんなものでも自由に考案できる【設計・開発】、そしてこれらを包括《ほうかつ》する【仮想工房《かそうこうぼう》】というコマンドがある。

普通なら考えられない話だが……この力を使えば、アントニオのように一瞬で巨大建築を建てることも、地上と空の上を繋ぐ転移門を生み出すことも可能だ。

都市の管理機能は竜の背に住人が増えたり、一定以上【魔力《マナ》】が溜まったりするとどんどん便利に進化していく。

かつて竜大陸で暮らしていた神竜たちが発明した、特別な魔導具が作れるようになることもあるのだ。

もしかしたらこの靴も、そういった神竜文明の産物なのでは？

「うん。市場が盛り上がって、たくさん魔力が使えるようになったおかげで、新しいレシピが追加されたみたい」

詳しく話を聞いてみると、俺たちと別れたアリアはセキレイへ安全に突入する方法を見つけようとアントニオに話を聞きに行ったらしい。

何かと都市の開拓に役立つ道具を作ってくれる彼に対して、俺は【仮想工房】を自由に使えるよう一部の都市管理機能を貸与《たいよ》している。【仮想工房】に関して言えば、俺より使いこなしていると言っても過言ではない。

もしかしたら……と思ってアドバイスを求めに行ったそうだが、案の定、【仮想工房】で新規に作れる魔導具を渡してきたのだとか。

「なるほど。ということは、この靴にも不思議な力があるんだな」

竜大陸では暮らしている住人たちに加え、地上からやってくる観光客についても入国料代わりに魔力をいただいている。こうして集めた魔力は【仮想工房】をはじめとした都市管理機能や、竜大陸にある魔導具を稼働させるための貴重なエネルギーだ。

この靴も魔導具ならば、同様の原理で動いているはずだ。

「そう。これを履《は》くと空を飛べる……というか滑空《かっくう》できるみたい。それであそこから下りてきたんだ」

アリアが指差したのは、アントニオが作り出した神樹の根元にある神殿だ。

「それは凄いですね！　ここまでかなりの距離があるのに」

都市の中心部に位置する神殿に対し、市場は南端に位置する。

そんな距離をこの靴一つで滑空してきたのなら、なかなかの性能だ。

「ん？　待てよ。この靴があれば、どんなに高いところから落ちても平気なんじゃないか？」

「うん？　どういうこと？」

俺はメルセデスさんから聞いた情報を話す。

「そっか。確かにこの靴を履いていれば大丈夫そうだけど……」

折角光明《こうみょう》が見えたというのに、アリアはなんだか浮かない顔だ。

「確かにこの靴は凄いけど、レヴィンに試してもらうのは心配。だから、セキレイには私一人で行く。上空から飛び下りて、《神聖騎士《セイクリッドナイト》》の力で障壁を作るよ。そうすれば、地上に落下しても大丈夫だもん……多分」

「えっ……？」

アリアがとんでもないことを言い出した。

「いやいや、ダメに決まってるだろ！　嵐を越えるんだぞ？　凄く高いところに出るんだぞ⁉　アリアをそんな危険な目に遭わせるわけには――」

「それはこっちのセリフだよ。レヴィンの身に何かあったら耐えられない。ここはレヴィンの一の騎士である私に任せて」

むぅ……アリアのやつ、なかなか頑固だ。

さて、どうやって説得したものか。

「ふふっ……あはははっ……」

次の言葉を考えていると、エリスがお腹を抱えて笑い出した。

「なんだよ、エリス」

「い、いえ、お二人共まったく同じことを言い出すのでおかしくて」

エリスの話を聞いて、アリアが首を傾げる。

「同じって、なんのこと？」

「実はさっき、レヴィンさんも『自分だけで行く』って言ってたんですよ。ね、レヴィンさん？」

「あ、おい。バラさないでくれよ」

「レ～ヴィ～ン～？」

アリアがジトーッとした視線を向けてきた。

「私には行くなって言ったのに、自分は一人で行く気だったんだ？」

「それは……」

こうなってしまっては、アリアに強く出られない。

「お二人共、勝手に行くのはなしですよ。心配なのは私だって同じですからね。万全を期してみんなで行きましょう」

エリスにそっと諭《さと》されてしまった。

「やることがたくさんできましたね。靴の稼働時間を測ったり、使用できる高さを調べたり……あとは実際に履いて練習もしなくちゃいけません。セキレイに向かうのは、一通り準備が済んでからです」

「確かに、この靴で滑空するのは難しい。まっすぐここに飛んでくるのも一苦労だった」

アリアが使用感を語る。エリスが言うように、この靴の性能を確かめることが先決か。

俺たちはセキレイへの突入に向けて、準備を進めることにした。

◆◆◆

嵐の壁を目撃して、数日が経過した。

様々な実験を経て、翼の生えた靴——【有翼《ゆうよく》の天靴《てんか》】の稼働時間や使い方が分かってきた。

アリアが実験結果をまとめたノートを開き、今一度内容を確認する。

「まず、この靴で空を飛ぶことはできない。ゆっくりと滑空するだけだね。代わりにどんな高さでも使えるみたい。ただし、使用するたびに膨大な魔力を充填《じゅうてん》する必要がある……だいたいそんな感じだね」

この膨大な魔力というのが厄介だ。

今、このリントヴルムの背中には五百人以上の住人がいる。迎え入れている観光客と合わせると、一日に約千人分の魔力が集まる計算だ。

ところが有翼の天靴は、使うたびに竜大陸に集まる一日分の魔力を消費してしまう。

滑空できる時間がそれなりに長いのは助かったが……

「便利だけど、燃費が悪いのが玉に瑕《きず》だな」

「それに使い慣れるのも大変だね。何回やっても、レヴィンは宙《ちゅう》ぶらりんになってたし」

「う、うるさいぞ、アリア」

この靴を履いて滑空するには、かなりの平衡感覚《へいこうかんかく》が要求される。履いている時の使用感といったら、まるで水面に置いた板の上でバランスを取っているようで……俺はどうしても慣れないままだった。

上手く滑空するには正しい姿勢を保つ必要があるのだが、これがとても難しい。おかげで何度もバランスを崩し、宙吊りになってしまった。

神竜たちは翼があるからよかったんだろうけど……どうせなら肩に着けるスタイルにしてくれよ、と思わなくもない。

「とにかく、この靴の能力は分かってきたな。嵐のてっぺんからなら、風雨を避けて入れるらしいし……これを履いて向かえば、安全にセキレイへ下りられると思うんだ。どうだ、アリア？」

比較的安全なコースを取ることに加えて、神竜文明の魔導具……エルフィも同行してくれると言っていたし、これでかなりリスクは減らせるはずだ。

セキレイ突入に難色を示していたアリアも納得してくれるだろう。

「確かに、これなら……でも、行く時はみんなで一緒にだからね。勝手に行こうとしたらダメだから」

「分かってるよ」

これでセキレイへの突入の準備が整った。

あとは日程を決めて、決行するだけだ。

そう思っていたのだが……その日の午後、俺はスピカと共に都市の郊外に来ていた。

何やら、相談があるらしい。

「どうしたんだ？　こんなところに連れてきて」

「えっと……」

口ごもるスピカの後をついていくと、町外れに何かがうず高く積んであるのが見えてきた。

「あれは……廃材か？」

山のように積んであるのは、大小さまざまな瓦礫《がれき》だった。かつて都市に溢《あふ》れていた瓦礫によく似ている。

スピカが集めたのだろうか？　都市内にあったものは猩々たちがかなり回収してくれたはずなので、竜大陸中を探して運んできたのかもしれない。

「その……壊れた遺跡がたくさんあって……そこから持ってきたんですけど……」

「もしかして、都市で使えるように集めてきてくれたのか？　それはありがたいな」

都市の管理機能に【回収】という、素材を集めて【仮想工房】で使う材料にできるコマンドがある。神樹から離れてしまうと使えなくなる機能だが、この距離であれば十分効果を発揮できるだろう。

ところが、スピカは深々と頭を下げた。

「あっ、その……違うので……ごめんなさい……!!」

酷く深刻そうだが、こちらが勘違いしただけなのであまり気にしないでほしい。

どうやら別の目的があるようだ。

「えっと……その……私、エリーゼ様の誕生会を襲ったり、クローニアにある大きな塔を壊したりした償いをしたくて……せめてあの塔を直せないかなって……」

「なるほど。それで、こんなにたくさん……」

母を人質に取られてのこととはいえ、スピカはエルウィンとクローニアの貴賓《きひん》が集うパーティーを襲ったり、クローニアの観光名所だったエメラルドタワーを破壊したりした。

謝罪の意味を込めて、エメラルドタワーの再建を手伝いたいということだろう。

いくらスピカが神竜だからって、この量の資材を集めるのは骨が折れたはずだ。

「そういうことなら俺も手伝うよ」

「いいので?」

「もともとそのつもりで相談したんだろう？　それにスピカ一人じゃどうしても限界はあるからな」

資材を集めるのはスピカだけで頑張ったみたいだが、タワーの修復は無理だ。

竜大陸でスピカを引き取ると決めた以上、かつて彼女が起こしたトラブルの後始末は俺が手伝うのが筋《すじ》だろう。

「とはいえ、【仮想工房】の機能はここでしか使えないんだよな……」

以前、俺はスピカの襲撃の裏を掻くために、竜大陸にエメラルドタワーとまったく同じ建物を作った。つまりタワーを完全再現したわけだが、これはリントヴルムの背中だったからできたことだ。

都市管理機能のいくつかは【回収】同様、神樹から離れたり地上に下りたりすると使えなくなってしまう。【仮想工房】もその一つだ。

かろうじて地上に転移門を設置することはできるが……エメラルドタワーのような建造物を地上に建てることは難しい。

資材を集めたから【仮想工房】でらくらく再建とはいかないのだ。

「ここは一度、プロに相談してみるか」

俺たちはアントニオを訪ね、知恵を借りることにした。

都市に戻った俺とスピカは、早速アントニオのもとにやってきた。

こちらの事情を説明すると……

「フハハハハ!!　そういうことなら、ちょうどいいところに来たな、レヴィン殿。こちらも貴殿に相談したいことがあったのだ。スピカ殿もようこそ」

両手を広げて、アントニオが歓迎の意を示す。

ところがスピカは俺の背に隠れてしまった。なんだか気まずそうだ。

「スピカ、どうした？」

「その……この方は覚えています。前に、私がリントヴルムさんの背中を襲った時にもいた……」

なるほど。あの時に見かけていたのか。

最近のスピカは竜大陸に暮らすみんなのところを訪問し、襲撃の一件を謝罪していると聞く。しかし実際に自分が暴れ回る姿を目撃したり、戦ったりした相手については、拒絶されるかもと心配なのだろう。

俺は小声でスピカに語りかける。

「大丈夫だよ。みんなは許してくれているんだろ？　アントニオだって……」

「……そ、その……!!　あの時はとんだご無礼をして、申し訳ありませんでしたので……!!」

意を決したように、スピカが深くお辞儀をした。

「あ、いえ……ご無礼なんてものじゃなくて……私がしたことは到底許されることではなく……その――」

「分かった、許そう。では、本題に入るぞ」

スピカの言葉を遮り、アントニオがきっぱりと言い切った。

「えっ……？」

「実際に戦ったレヴィン殿やアーガス殿はともかく、私は逃げ惑っていただけだ。たいして怪我をしたわけでもない。少なくとも私については、気負う必要はない」

「あ、ありがとうございます……えっと、ア、アントニオさん」

大丈夫だとは思っていたが、アントニオがさっぱりした性格で助かった。

あっさり話が終わり、彼は興奮気味に大声で喋り出す。

「さて、そんなことよりも私の話を聞いてほしい!! ……そう!! 我々はエメラルドタワーの再建について、画期的な試《こころ》みを行おうとしていたところなのだ!!」

一度言葉を区切ったアントニオは、深く息を吸って再び口を開いた。

「現在、私はエルウィンとクローニアと協力して、都市に残された資料を解析しているのだが……」

神竜たちが築き上げた文明には、未知の……そして非常に高度な技術が眠っている。

俺たちはその恩恵に与《あずか》っているが、技術について詳しく調べたことはなかった。

そこでアントニオをはじめとした猩々の知識人、そしてエルウィンとクローニアの技術者が力を合わせ、研究を進めてくれていた。

「何か成果があったのか?」

「うむ。最近、興味深い発見をしたのだ。【万能工作機《ばんのうこうさくき》】と呼ばれる、神竜文明が有していた魔導具に関する資料が見つかってな」

語感から察するに、何かを作る機械のようだけど……一体どういうものなのだろう?

「このリントヴルム殿の背では、【仮想工房】の機能を使って一瞬で建築を行える。そしてその力は竜大陸の主となった者から、今の私のように借り受けることが可能だな?」

アントニオの確認に、俺は頷く。

「万能工作機はその【仮想工房】の原型となった機械だそうだ。かつての神竜たちはこの万能工作機にさらなる超技術を投入し、時間と空間の制約を超えてアイテムを作る【仮想工房】にしたようだ」

「超技術って……そこを調べてたんじゃないのか？」

資材さえあればどんな豪邸《ごうてい》でも思うがままに建てられたり、魔導具を一瞬で【製造】できたり……【仮想工房】の不思議な技術力についてはよく分かっていないようだ。

「そこはこの話には関係ないのだ!!　重要なのは、万能工作機は地上でも【製造】に近い機能を使える魔導具であるという点だ」

「待ってくれ。そんなことが可能なのか？」

それが本当なら、スピカが望んでいるエメラルドタワーの再建もすぐに解決するだろう。

アントニオによれば、万能工作機は【仮想工房】のように一瞬で……とはいかないが、様々なアイテムや建物を短時間で作れる魔導具だという。

「大仰《おおぎょう》に言ったが、シンプルな話だ。【仮想工房】の機能は都市にそびえる神樹の加護を受けた超高度な不思議技術だ。我々が解析して同じ仕組みを作ることは難しい。しかし万能工作機の方は、ある程度資料が残されている。なので、それらを元に設計図を起こし、【製造】してしまおうと思ったのだ。そうしてできた万能工作機を地上に運搬《うんぱん》すれば、あちらでも【仮想工房】のような機能が使えるからな」

なるほど。機能としては劣る代わりに、地上でも利用できる疑似【仮想工房】……それが万能工作機ということか。

アントニオの見立てでは、「万能工作機であれば今の人類の技術でも解析できるのではないか」

とのことだった。

「さて、さっそく万能工作機の再現を試みた我々だったが……見通し甘《あま》く、早々に挫折《ざせつ》することとなった……」

堂々と語っていたアントニオが急に覇気《はき》を失った。

「意気揚々《いきようよう》と古代技術に挑んではみたものの、やはり神竜文明だ。私を含め、残された資料を完全に理解できた者は一人もいなかった……いなかったのだ……なんなのだ、あの複雑な術式と理論は……」

どうやら、とてつもない労力を取られているようだ。

そもそも、神竜文明で使われていた文字と現代の文字は違う。リントヴルムに聞いて資料を解読するのも一苦労だろう。

専門的な話になると、俺としてもよく分からないが。

「ということでレヴィン殿、そしてスピカ殿。相談したいことがあると言ったのは、こうしたわけでな……万能工作機の実物を探してほしいのだ」

「はい？」

思わず素っ頓狂な声を上げてしまう。

「資料が残っている以上、実際に作製されたものがどこかにあるはずだ。それを見つけてほしい。多少壊れていていても構わん。本物を確認できれば、一気に再現性が高まるはずだ」

「ぜひ手伝いたいが……一体、どこを探せばいいんだ？」

俺が移住したばかりの頃、竜大陸の都市は瓦礫まみれだった。みんなの協力であらかた片付けたのだが、そのような便利魔導具が見つかった話は聞いたことがない。

俺がリントヴルムと出会った遺跡のように、地上には神竜が生きていた時代の建築物が残っている。そこに神竜文明の遺物が眠っている可能性はあるが……しかし、大陸全土を探すのはあまりに途方もない話だ。実は竜大陸にも遺跡が残っているのだが、探索の手が回っていなかった。

今はセキレイに向かう件を優先したいので、どうしても意欲が湧かない。

「フッ。こちらもすぐに見つかるとは思っていない。私も手隙の者を集め、竜大陸の未探索の場所を調べてみようと思う。レヴィン殿も、頭の片隅に今の話を入れておいてほしいのだ。幸いセキレイは神秘の国だと聞く。神竜が生きていた時代の未発掘の遺跡が見つかるかもしれないからな」

「なるほど。それぐらいならお安い御用《ごよう》だ」

「あ、あの……！」

アントニオと話し込んでいると、スピカが何か決心したように手を上げた。

「レ、レヴィンさん、この依頼、ぜひ私も！　セキレイに連れていってほしいので……！」

「アイシャさんについてなくていいのか？」

「……私、エルウィンにもクローニアにも迷惑をかけてしまったので。それにカール国王様は、たくさん悪いことをした私を許してくれました……お母さんとあの人のためにもお手伝いをしたいです……！」

予定にはなかったが、スピカはかなりやる気のようだ。もしかすると、もともとセキレイへの旅に同行を申し出るつもりだったのかもしれない。

彼女は過去の行いの罪滅ぼしをしたいと考えているらしい。それほどの覚悟があるなら……

「分かった。エルフィと一緒に力を貸してくれるか？」

「は、はい！」

こうして、俺たちの旅の目的に、万能工作機の捜索が加わった。

◆　◆　◆

それからしばらくして、いよいよセキレイへ行く日がやってきた。

「主殿、私も確認してみましたが、メルセデス殿の言う通りです。やはり上空は嵐の壁が薄く、比較的安全に突入できるかと」

頭の中にリントヴルムの声が響く。セキレイの真上を旋回《せんかい》していた彼からの報告だ。

「ありがとう。俺がいない間は竜大陸のことを頼むよ」

「ええ、お任せを。しかし主殿、セキレイではどうかくれぐれも気を付けてください。何やら、不穏な気配を感じるのです」

「不穏な気配？」

尋ね返すと、リントヴルムは歯切れ悪く答える。

「はっきりとは分からないのですが、とても奇妙なのです。あの嵐の側を飛んでいると、なぜか懐かしさと恐ろしさを覚えて……」

「懐かしさと恐ろしさか。相反する感覚だけど……」

俺が顎に手を当てると、彼の声がしょんぼりしたものになる。

「申し訳ございません。もっとはっきり知覚できればよかったのですが、どうにも私自身、曖昧《あいまい》で……」

「別に謝るようなことじゃないよ。リントヴルムが教えてくれたこと、頭に留めておくから」

リントヴルムは強大な力を持つ神竜だ。

そんな彼が何かを感じたのであれば、しっかりと受け止めるべきだろう。

「それでは、主殿たちのご無事を祈っております」

その言葉に、俺は大きく頷いた。

準備を整えた俺は一緒に向かうアリアとエリス、そしてエルフィとスピカと共に、リントヴルムの海エリアに向かった。今回は竜大陸の南端から、セキレイを目指して飛び立つことになる。

観光地となっている海エリアだが、端《はし》に行けば行くほど人気《ひとけ》は少ない。だから、静かに旅立てるはずだったのだが……出発地点には俺の家族やルミール村のみんな、クリムゾンレオこと、火属性を持つ赤獅子《あかしし》のルーイをはじめとした相棒たち、そしてアーガスと猩々たちが集まっていた。

「さ、さすがに大げさじゃないか？」

こうして万全を期した以上、当然ながら無事に帰ってくるつもりだ。

気分としては、セキレイにおつかいに行くくらいなんだが……随分と盛大な見送りだった。

グレアム父さんが口を開く。

「何を言っているんだ。息子が危険に飛び込もうというのだ。心配するのは親として当然だろう？」

「ほら、お弁当。村のみんなで作った野菜と、レヴィンの魔獣さんたちが用意してくれたお肉で作ったのよ。いざって時にはこれを食べなさい」

バッグを渡してきたのは母さんだ。昼食が入っているみたいだが、やけに重い……

「向こうに着いたら、転移門を繋ぐ予定だし……すぐにここに戻ってくるのに」

「レヴィンったら、ダメですよ。何が起こるのか分からないのだし、何かあったらあなたがアリアとエリスさんを守るんですから。そんな気の抜けた様子では困ります」

フィオナ姉さんに怒られてしまった。

現時点では地上でも唯一【製造】できる転移門だが、セキレイに建てられるかは未知数だ。姉さんの言う通り、万が一を想定して動かなければ。

「どうかお気を付けて。できれば私も同行したかったのですが。くっ……」

悔しそうに唇《くちびる》を噛《か》み、アーガスが言った。

「有翼の天靴を三足しか用意できなかったんだ、仕方ないさ。気持ちだけ受け取っておくよ」

アイシャさんとカール国王を診ているため、カトリーヌさんはこの場に不在だ。彼女の苦労を知っている分、手伝えないのが歯痒《はがゆ》いのだろう。

みんなの激励《げきれい》を受けて、俺は旅の同行者たちを振り返った。

中でも一番心配なスピカに声をかける。

「スピカ、本当にいいんだな？　病み上がりだが……」

「み、皆様にお任せするわけにはいかないので……わ、私もその、神竜の端くれですので。自分の過ちは、自力で贖《あがな》います」

竜の背の住人が集まっているからか、スピカが俯きがちに決意を露わにする。

「分かった。アリアとエリスを頼んだよ」

「むぅ……私だって二人や三人乗せられるのに」

エルフィが唇を尖《とが》らせた。

「まあまあ、スピカの方が力持ちなんだ。ここは我慢してくれ」

今回は俺がエルフィに、アリアとエリスがスピカに乗って嵐に入る。

神竜の姿になった時、エルフィよりスピカの方が一回り身体が大きいのだ。そうした事情もあって、今回はこの配置になった。

「さて、そろそろ行こうか。靴は履いたな？」

基本的にはエルフィとスピカに任せて大山の頂上――セキレイの地を目指す予定だ。ただし、翼があるエルフィたちと違って、人間である俺とアリア、エリスは有翼の天靴がいざという時の保険になる。

しっかり履けているか、チェックしておくに越したことはない。

「問題なし。それに何があっても、私がみんなを守るから」

アリアは《神聖騎士《セイクリッドナイト》》の力を使い、魔力で生成した鎧と大盾を装備している。

彼女の守りは鉄壁だ。落下時のトラブルにも、柔軟に対応してくれるだろう。

もちろん、《暗黒騎士《ダークナイト》》であるエリスも臨戦態勢を整えている。

俺たちは竜の姿になったエルフィとスピカの背に乗った。

「よし、それじゃあ乗り込むぞ！」

そして、竜大陸から地上へ向かって飛び下りた。

「やっほー！」

垂直降下しながら、エルフィが元気よく叫ぶ。

メルセデスさんに教えてもらった通りだ。嵐の壁のてっぺんは、風雨が弱い。

雨に濡れたのはほんのわずかな間だけで、すぐに視界が晴れた。

セキレイの空は澄み渡った晴天だ。

エルフィのことは信頼しているが……これほどの高所から下りていくのは、かなりスリリングだな。

外界とセキレイを隔《へだ》てる積乱雲を眺めつつ、大地に向かってまっすぐに落ちていく。

やがて、セキレイの地がはっきりと見えてきた。

「凄いな。エルウィンとは全然雰囲気が違う」

今回の突入にあたって、セキレイの地形はある程度調べておいた。

嵐の壁を越えた俺たちは、この国の西側に出ているはずだ。

瑠璃色《るりいろ》の美しい湖《みずうみ》、エルウィンやクローニアと異なる植生《しょくせい》、柱のように林立する奇岩群……セキレイを東西に分ける大峡谷《だいきょうこく》も見え、まるで人ならざるものが住む秘境にでも迷い込んだかのような感覚を覚える。

エルフィとスピカが降下速度を緩《ゆる》めてくれたので、美しい異国の景色に見惚れつつ、俺たちは奇岩地帯に向かう。

目指すはひときわ大きい円柱の岩山……セキレイ最大の都市、紅玉山《こうぎょくさん》だ。

やがて、特徴的な朱色《しゅいろ》の壁と黒い瓦屋根《かわらやね》の町並みが見えてくる。

セキレイの首都ならば、毒の花について知っている人もいるだろう。

ゼクスとエリーゼからは、それぞれの国章が入った紹介状を預かっている。セキレイの高官に事情を説明し、協力を仰げれば文句なしだ。

「って、あれは……?」

ゆっくりと高度を下げていくうちに、俺は北の遠方に奇妙な光景を見かけた。

「なんだろう、あの真っ赤な場所……」

スピカに跨《また》るアリアも気付いたようで、まっすぐ同じ方向を見ている。

セキレイの北側には真っ赤に染まった大地が広がっていた。おどろおどろしい瘴気《しょうき》が立《た》ち上《のぼ》っており、遠目からでも異質だと分かる。最奥には柱のようにそびえる積乱雲が覗いていた。

かすかに町みたいなものも見えるが廃墟《はいきょ》と化しているようだ。とうてい人が住める状態ではないだろう。

「よく分からないけど、あそこは危なそうだな……なるべく近づかないようにしよう」

なんだか見ているだけで胸がざわついてくる。寄り道をせず、俺たちは一直線に紅玉山へ向かうことにした。

今のところトラブルはない。あと数分もすれば地上へ下りられるだろう……そう思った瞬間だった。

アリアが鋭く叫ぶ。

「レヴィン!!」

その声と同時に、俺とエルフィの目の前に魔力による光の壁が生成された。《神聖騎士《セイクリッドナイト》》の力を発揮し、アリアが障壁を展開したのだ。

何事かと思ってあたりを見回す。

俺たちは禍々《まがまが》しい黒い炎に攻撃されていた。

「な、なんだこれ!?　どこから出てきたんだ!?」

アリアの障壁に阻まれ、黒い炎が霧散《むさん》する。

次第に周囲に暗雲が立ち込めてきた。ただごとではない雰囲気だ。

「キュオオオオオオオオン!!」

どこからともなく、まるで鈴《すず》を転がしたかのような、凛《りん》とした鳴き声が聞こえてきた。

聞き惚《ほ》れてしまうほど美しい声だったが……間違いなく、敵意を孕《はら》んでいる!

「ぐっ……うおおおおお……!」

途端にずしんとした圧力に襲われた。声の主が放つプレッシャーは尋常ではない。

たった一度の咆哮《ほうこう》だったのに……心臓を握り締められたかのような息苦しさを覚える。

「エ、エルフィ、大丈夫か？」

「う、うん……大丈夫……」

平気だと言うが、声に張りがない。こんなに苦しそうなエルフィは初めて見る。

神竜ですら、萎縮《いしゅく》させるほどの圧……声の主は相当な力を持つ魔獣だ。

「まさか聖獣か？」

極めて高位の存在が俺たちに敵意を向けているなら、このまま飛び続けるのは危険だ。

「ア、アリア！　エリス、スピカ！　どこにいるんだ……無事か!?」

周囲を見回しながら、スピカとその背に乗るアリアたちに呼びかける。

しかし返事はない。あたりは暗雲に遮られ、仲間たちの姿を見失ってしまっていた。

唯一見えるのは……

「キュオオオオ……！」

雲間に光る、妖《あや》しい真紅《しんく》の瞳だけだ。

直後、禍々しい靄《もや》でできた無数の巨大な腕が俺たちを掴もうと迫ってきた。

「あ、危ない……ママ！」

エルフィが力を振り絞り、腕をかわす。

背に乗せた俺をかばいながら飛行しているため、思うように力を出せないのだろう。次第に焦《あせ》るエルフィを、謎の腕と黒炎が追い詰める。

そんな追いかけっこを何分続けただろうか。

エルフィが突風にあおられてバランスを崩した。

「きゃぁあああああ!?」

がむしゃらに攻撃をかわしていたエルフィは、誤ってセキレイを囲う嵐の壁に近づいてしまったのだ。

必死に掴まっていたが、ついに俺も振り落とされた。

「ママ!!」

エルフィの叫び声が聞こえるが……どうしようもない。

俺たちは暴風に身体を弄《もてあそ》ばれながら、嵐の中を舞う。

「エ、エルフィ!!」

有翼の天靴を履いている俺はともかく、このままではろくに飛べないエルフィが危険だ。

俺は目を凝《こ》らし、エルフィの姿を必死に捜す。

闇雲に宙をかいていると、幸運にも暴風域から離れることができた。

それと同時に、俺はエルフィとスピカの姿を見つけた。

どうやら二人とも気絶しているようだ。いつの間にか人の姿になっており、地面めがけて落下していく。

「今、助けるからな!」

エルフィたちは見つけたが、アリアとエリスの姿は見当たらない。気掛かりではあるが、今は気を失っている二人を助けるのが先決だ。

俺は空中をもがき、エルフィとスピカの身体を掴む。

「本当にこの靴の世話になるなんてな」

保険で持ってきた有翼の天靴のおかげで、俺はゆっくりと地上に滑空していく。

謎の黒炎から逃げているうちに、どうやらセキレイの東側まで流されてしまったようだ。

「まあ、エルフィとスピカとはぐれずに済んだからな」

計画は狂ったが、嘆く必要はない。

二人が無事ならばよしとしよう。

「だが、アリアたちはどこに行ったんだ……？」

アリアとエリスは有翼の天靴を履いている。いざという時は、それで切り抜けられるはずだ。

だけど、エルフィたちみたいに気絶していたら……？

そう考えると、どうしようもなく不安になっていく。

「とにかく……着陸したら予定通り、転移門でリントヴルムと繋いで——え？」

突如《とつじょ》として、有翼の天靴から広がる翼が消滅してしまった。

案の定、滑空できなくなり、地面めがけて落下する。

「ま、まずい……！」

魔力は十分に蓄《たくわ》えていた。事前のテストでも、セキレイに辿り着くまで保つ計算だった……先ほどの声の主のような、不測のトラブルに遭遇しなければ。

突然の事態に混乱し、思考がまとまらない。

「どうする。どうすればいい!? 考えるんだ……！」

俺はエルフィとスピカを守るため、ギュッと抱き直した。

二人はまだ目覚めない。靴に頼ることも不可能……俺だけで、この状況を切り抜けるしかないのだ。

「そうだ。エルフィの力を借りれば……！」

【契約《テイム》】しているパートナーと心を通わせたテイマー職は、その相棒の力を借りることができる。

俺は意識を集中させ、身体の一部を【竜化】させた。

「靴に魔力を注げば……いや。さすがに俺一人じゃ、竜大陸一日分の魔力は補えない。そうなると、一《いち》か八《ばち》かやるしかないか……」

エルフィのように翼を生やすことこそできないが、【竜化】によって身体がかなり頑丈になっている。せめて俺がクッションとなって、二人にかかる落下の衝撃を和《やわ》らげられないか？

それでもよくて大怪我、下手をすれば命を落とすだろう。

だが二人を守るためには、何か手を打たないといけないのだ……

俺は決心し、激突に備えようとする。

「うーん。どうやら魔力が切れちゃったみたいだね」

その時、母さんから受け取ったバッグから可愛らしい声が聞こえてきた。

「エ、エスメレ⁉　どうして⁉」

バッグからひょっこりと顔を覗かせたのは、カーバンクルのエスメレだ。

彼はドレイクによる非道な実験に曝《さら》されていた幻獣だ。とある経緯で俺が身柄を引き取り、怪我を治療してからというもの、リントヴルムの背で共に暮らしてきた。

弁当しか入っていないわりに、かなり重たいバッグだと思っていたが……エスメレがこっそりもぐりこんでいたのか。

「ここは僕に任せてよ」

その言葉と同時に、俺とエスメレを薄緑色の魔力が包み込む。

再び有翼の天靴に翼が生えた。

「もしかして、魔力を補充してくれたのか……？」

「うん。僕、魔力の保有量には自信があるからね」

額《ひたい》の赤い宝玉《ほうぎょく》を指差して、エスメレが得意げにする。

そういえばそうだった。カーバンクルは額の宝玉に膨大な魔力を秘めているのだ。

エスメレが機転を利《き》かせてくれたおかげで、俺はまた滑空できるようになったのだが……

「うおっ⁉　し、姿勢が上手く取れない……」

ふとバランスを崩し、俺は宙吊りになる。

「うわぁあああ⁉　きゅ、急にひっくり返らないでよ！」

バッグから落ちかけたエスメレは、咄嗟に俺の髪にしがみついた。

「痛い！　痛い痛い!!」

情けない悲鳴を上げながら、俺たちはゆっくりとセキレイに下りていくのだった。

第二章

一方、アリアとエリスはセキレイ西部の奇岩群に不時着していた。

「レヴィンさんたちとはぐれてしまうなんて……有翼の天靴とアリアの障壁のおかげで着地できましたが、あちらは大丈夫でしょうか」

空を見上げ、エリスが呟いた。

レヴィンの有翼の天靴は魔力切れを起こしたが、こちらは魔力が足りた。《神聖騎士《セイクリッドナイト》》のアリアが障壁を張ったこともあり、二人とも無傷で着陸している。

彼女たちが下りたのは紅玉山からやや脇《わき》に逸れたところで、人影は少ない。

ひとまず町を目指そうとする二人だったが、それを止める者が現れた。

「セキレイへようこそ、お二人とも」

白い狩衣《かりぎぬ》を着た人物が、アリアたちを待ち受けていたのだ。

「えっと、あなたは……？」

見知らぬ人から声をかけられ、アリアが戸惑う。

「僕、こう見えて占《うらな》い師でして。お二人の来訪が占いで出ていたんです。だから、こうしてお迎えにまいりました」

「う、占い師……？」

胡乱《うろん》な名乗りに、アリアは警戒心を高めた。

「あっ、今、怪しいと思いましたね？　本当なんですよ。僕は凄い占い師なんですから……ってそうじゃない。僕は星蘭《せいらん》と申します」

星蘭が首を横に振り、話を切り替える。

「急な話で戸惑うかもしれませんが、紅玉山にある紅霞城《こうかじょう》まで来てくれませんか？　実はこれから大変なことが起こる予定でして」

「大変なこと……？」

エリスが首を傾げると、星蘭は近くの山を指差した。

山頂からもくもくと激しい蒸気が噴《ふ》き上がっている。

「あの火山がもうすぐ噴火《ふんか》するんです……あ、気を付けてください。地震が来ますよ」

「え!?」

エリスが声を上げたのとほぼ同時に、地面が激しく揺れ始めた。

「きゃ、きゃあああああ!?　ゆ、揺れてます!?」

「ああああああああ!?　この世の終わりだああああああああああ!?」

驚くエリス……そして、それ以上に動揺した様子でアリアが叫んだ。

二人とも地面にうずくまり、震える。

「そろそろ止まりますよ」

星蘭の言葉と共に、揺れが小さくなっていった。

セキレイは地震の発生頻度《はっせいひんど》が高い国だが、エルウィンとクローニアでは滅多に起こらない。そのせいか、落ち着き払った星蘭とは対照的に、アリアとエリスはかなり怯《おび》えている様子だ。

「噴火の前兆ですね。そんなに怯えずとも大丈夫ですよ」

「で、ですが、足下が揺れるんですよ!? 星蘭くんは平気なんですか?」

なんとか立ち上がり、エリスは星蘭に問いかけた。

「うぅ……この世の終わりだ。お終いだぁ……」

一方のアリアは恐怖でうずくまるばかりであった。そんなアリアを見て、「自分がしっかりしないと……」というお姉さん意識がエリスの中に渦巻く。

落ち着きを取り戻して、震えるアリアの代わりに星蘭と話を進めた。

「ええっと……まあ、セキレイではこの程度の揺れは珍しくないですからね。慣れてしまいました」

「そ、そうなんですか? たくましいですね」

「あっ、でも、これで僕の占いの腕を分かってくれたんじゃないですか? 地震が来るの、当てたでしょう?」

星蘭が自慢げに両手を握りしめる。中性的な顔立ちをしている彼だが、こうしている様は幼さを感じさせた。

「そういえば、タイミングをピタリと当てていましたね。今のが占いの力なんですか？」

「はい。今回の噴火も数年前から予測してたんですよ」

その答えを聞いて、エリスは素直に拍手する。

「はえ〜、凄いですね……って、それなら、早く避難しないと……！　山から離れた方がいいでしょうか」

「いえ。対策はしてあるので……向こうの紅霞城へ行きましょう」

「だ、大丈夫なんですか!?」

いくら発生を予測しているとはいえ、自然災害が相手であれば絶対はないはずだ。

完璧な対策を立てられるものだろうか……と、エリスは疑問を抱く。

ところが、星蘭は自信満々の表情だ。

「とっておきの魔導具がありますからね。占いでも成功率は高いと出ていますから、安心してください。城に着いたら、お二人がセキレイに来た事情も教えてくださいね」

レヴィンとはぐれて先の見通しが立たない以上、自分で考えて動くしかない。

エリスは星蘭の言葉を信じ、その提案に従うことにする。

「うぅ……セキレイ、怖いよ……」

まだ怯えているアリアの手を引き、エリスは星蘭を追いかけた。

◆　◆　◆

エスメレのおかげでなんとか地上に下りた俺は、重大な問題に直面していた。

「まさか、転移門が使えないなんてな……」

当初の予定では、セキレイに着いたら転移門を設置し、竜大陸との連絡通路を確保する手筈だった。ところが、どうもこのセキレイの地では竜大陸のシステムが上手く作動しないようなのだ。

おまけに森の中に着陸してしまったため、人の姿がちっとも見当たらない。

「ごめんなさい。私が気絶したせいで、こんなことに……」

目を覚ましたスピカが、地面に手をつこうとする。

「まさか聖獣（？）に襲われるとは、誰も思ってなかったからな……俺たちも無事だったんだし、きっとアリアとエリスもなんとかなってるよ。気にしなくていいからな」

問題はこれからどうするかだ。

リントヴルムの背に戻れない以上、どうにかして安全な拠点を確保したい。

森を抜けたら、人里が見つかるだろうか。エルフィがまだ起きないのも心配だし……

「なあ、スピカ。休憩《きゅうけい》してからでいいから、空から偵察《ていさつ》をしてくれないか？　俺とエスメレはここでエルフィを……って、なんだあれ？」

土煙を巻き上げて、遠くから何かが駆けてくる。

「あ！　あー！　そこの人!!　そこの人たち、助けてぇぇぇえええええ!!」

先頭には、必死の形相で全力疾走する少女がいた。

まさか魔獣にでも追われているのだろうか。俺は少女の背後を見つめる。

「あれは……蜘蛛か？」

少女を追いかけるのは、八つの脚《あし》を持ち、虎柄《とらがら》の体表をしている巨大蜘蛛だ。

《聖獣使い《ホーリーテイマー》》として、魔獣には相当詳しい自信があったが、あれは初めて見るな……

「わ、私が倒しますので」

「大丈夫なのか？　さっきの今で、かなり消耗《しょうもう》してるだろ」

「その、竜の姿にはなれないけど、一匹ぐらいなら……え？」

少女の後ろを見て、スピカの表情が引《ひ》き攣《つ》った。

蜘蛛の数は一匹どころではなかったのだ。さっきまでは土埃で見えなかったが、数匹……いや、十数匹はいる。

おまけに、たくさんの脚と頑強《がんきょう》そうな外皮を持った数メートルはある大百足《おおむかで》までいるのだ。それも何匹も。

「やばいやばい!!　あの数、多すぎるだろ!?」

こちらには気絶しているエルフィがいる。かばいながらじゃ、勝てっこない！

それになお悪いことに、なぜか竜大陸に残った仲間との繋がりが感じられない。【魔獣召喚《サモンビースト》】で彼らを喚ぶこともできなそうだ。

「スピカ、エスメレ、ここは逃げよう！」

身体を【竜化】してエルフィを抱き上げ、エスメレに肩に乗ってもらう。俺は全速力で駆け出した。

「そんな!! 私を見捨てるのかい!?」

いつの間にか、魔獣に追われていた少女が俺たちに追いついてきた。

「君があいつらを連れてきたのか……!?」

「だってしょうがないじゃないか!! これには、涙なしに語れない……止むに止まれない事情があったんだよ!?」

この少女だって命からがら逃げているのだ。あまり責めるつもりはないが、あれだけの数の魔獣を引き連れてこられては困る。

「ねえねえ！ お兄さんの隣を走っている赤い子、神竜族だよね!? 竜の姿になってドーンッ!! ババーッ!! ってやっつけられないの？」

「なんだって……？」

一緒に逃げるスピカは人の姿を保ったままだ。

それなのに、どうして神竜族だと見抜いたんだ……？

「君は一体何者だ……!?」

必死に走りながら、謎の少女を警戒する。

言動から悪意は感じないが、怪しさは拭えない。

「おや、どうしたんだい？ 不思議そうな顔をして……って、やばいかも……」

軽快に喋っていた少女が、急に苦しそうな表情を浮かべた。

「足が攣る……攣りそう……いや、もう攣ったかも。うん、攣った。これは攣ってる。攣る五秒前かもだ！」

「どっちだよ!?」

激痛を我慢しているからか、少女の顔が凄まじく歪《ゆが》む。

ともかく、彼女はこれ以上走れそうにないようだ。

「ああ、もう！　仕方ない!!」

俺は抱いていたエルフィを肩に乗せ、もう片方の手で少女を脇に抱えた。

「わお！　お兄さん、力持ちだね!!」

「くっ……どうしてこんなことに」

「ごめんなさい、ごめんなさい……！　私が運べばよかったのに、気が利かなかったので……！」

隣を走るスピカがあわあわしている。

確かに、せめてどちらかはスピカに頼むべきだったかもしれない。

人間時の見た目が少女だから抵抗はあるが、一応神竜なわけだし。

そんなことを考えているうちに、大蜘蛛と大百足がどんどん迫ってきた。

巨体なだけあって、走る速度はかなりのものだ。

「まずいまずい……追い付かれる!!」

いよいよ俺たちを射程圏《しゃていけん》に捉えたらしい。魔獣たちはこちらを目がけて飛び上がり、頭上に影が差した。

その時だった。

「君たち、まっすぐ走って!!」

凛とした声が響き、無数の剣閃《けんせん》が横をかすめた。

俺たちを襲おうとした魔獣たちが一瞬でバラバラにされる。

ピンチを救ってくれたのは、すみれ色の髪をした女性だった。

手には壮麗な刀が握られている。頭に生えた二本の角と、セキレイの民族衣装……着物から覗く肩に浮かんだ痣《あざ》が印象的だった。

「す、凄い……」

俺は剣技の鮮やかさに息を呑んだ。目で捉えることができないほど速く、無駄のない剣撃だ。

「えっと、あなたは――」

「まだ残っている」

「え……?」

俺の問いかけを遮り、女性が後方を見据えた。

彼女の言う通りだ。先ほどの斬撃でほとんどの魔獣を葬《ほうむ》ったみたいだが、後ろからまだ何体か大百足がやってくる。

俺たちを諦めるつもりはないようだ。

「すぐに片付ける。君たちは――」

「ちょっと待ちなさい!!　一人で倒すなんて許さないんだから!!」

「そうだぜ、姐《あね》さん!!」

女性が何か言いかけた途端、新たに二人の人物の声が聞こえた。

それぞれ女性と男性のようだ。言葉と同時に、遠くから無数の氷塊《ひょうかい》が飛来してくる。

氷の礫《つぶて》は大百足にぶつかると爆《は》ぜ、その肉体を瞬く間に凍《こお》らせていった。

「大成功!!」

物陰から白い着物を着た銀髪の少女が現れた。片手をグッと握り、嬉しそうだ。

肩に大砲のようなものを担いでいるが……先ほどの氷は魔力を帯《お》びているようだった。まさかあれから発射されたのだろうか。とても不思議な武器だ。

「ほら、あとはあんたの役目よ」

「おう!　任せてくれ、お嬢《じょう》」

銀髪の少女に元気よく応じたのは、珍妙なドクロ男だった。

上半身は人の骸骨《がいこつ》で、下半身は巨大な二つの車輪が付いた乗り物（?）のようになっている。

そいつは車輪を大回転させ、凄まじい速度で走ってきた。

「な、なんだあれは……?」

見れば見るほど訳が分からない。大蜘蛛に負けないほどの巨体で、身体には鎖《くさり》らしきものが巻き付いている。頭部はなぜか炎に包まれているが、当のドクロ男は平然としていた。

「オラ、どけどけ!!　俺様のお通りだぜ!!」

ドクロ男が凄まじい速度で大地を駆け、氷漬《こおりづ》けの大百足たちに体当たりをした。

そのまま彼らに組み付くと、頭部の炎が火力を増す。男は全身に炎を纏《まと》い、凍った大百足を殴ってバラバラに砕《くだ》いてしまった。

「フッ！　他愛《たわい》もねえなあ!!」

「ゆい、れっどら……追い付いたのか」

「当たり前よ。今回は、やきいもくん漆号《しちごう》のテストのために来てるんだから」

急に謎の寒気に襲われる。

銀髪の少女が近づいてきたのだ。どういう理屈か分からないが、この子が冷気を発しているのか……？

「きゅ、急に寒くなってきたね。い、今って冬だったっけ？」

俺が抱えていたお騒《さわ》がせな少女も、ぶるぶると震えている。

「ゆい、冷気をしまうんだ」

「あら、ごめんなさい。気が抜けてたわ」

角が生えた女性に窘《たしな》められて、少女が冷気を抑えてくれたようだ。

「あの、皆さんは……？」

俺は小脇に抱えていた謎の少女を地面に下ろし、恐る恐る尋ねた。

角を生やした女性に、冷気を纏った少女、そして珍妙な喋る骸骨。

情報量が多すぎて、混乱してしまう。

刀をしまい、角の生えた女性がこちらを振り向いた。銀髪の少女を指差して言う。

「彼女は雪女のゆい。まだ若い妖怪《ようかい》だから、冷気の制御が得意じゃないんだ」

「失礼ね。確かにまだ七十歳だけど、今のは全速力で走って疲れてただけなんだから」

「な、七十歳……？」

なんだか、スケールが違っていて困惑する。

今、雪女と言っていたな……それに、妖怪だって？

「それよりも君たち、怪我はないか？」

「ああ、俺はピンピンしてるよ。助けてくれてありがとう」

なんだかいろいろと分からないことだらけだが、とにかく礼を言わなければ。

スピカとエスメレもお辞儀をする。その様子を見て、角が生えた女性は少し微笑んだ。

「まさか、あれほどの数の大百足と土蜘蛛に襲われるとは災難だったな。妖怪の中でも、かなり強力な種で滅多に姿を現さないんだが……」

やっぱり間違いない。

「妖怪……そうか。初めて見たな……」

周囲を絶壁に囲まれたセキレイには、妖怪と呼ばれる一風変わった魔獣が生息している……そんな噂を聞いたことがあった。

実物を見るのは初めてだが、どうやらあれがそうだったらしい。ゆいさんも妖怪だと紹介されたことを考えると、セキレイ固有の魔獣の総称なのだろう。

「俺の名前はレヴィンです。こっちはスピカとエスメレで――」

俺は仲間たちと一緒に自己紹介をした。そして嵐の壁を越えてきたこと、外にいる仲間が毒を呑まされ、解毒剤を作るために原因である毒の花を探していることを告げた。

「そうか。仲間のために、はるばるやってきたとは。なんとか力になってあげたいが……私は鬼人《きじん》族《ぞく》のカエデ。月《つき》の氏族《しぞく》をまとめる身だ」

「鬼人族？」

「私のように角を持つ人間のことだ。セキレイの東側は主に鬼人族が住んでいてな。君たちが目指していた紅玉山の方には、普通の人間が暮らしているんだ」

「それにしても、あなた不思議ね。どうして、身体が【竜化】しているの？」

カエデさんから説明を受けていると、ゆいさんがじろじろと俺を眺めてきた。

まずい。エルフィたちを抱えて逃げるために、力を借りていたのだが……怒涛《どとう》の展開で、完全に忘れていた。

「えっと、これは……」

「ゆい。そう詮索《せんさく》するものではない。レヴィン殿が語らなかった以上、事情があるのだろう」

「で、でも私……気になる！　後天的に【竜化】したのかな？　それとも生まれつき？　強度はどれくらいなの？」

カエデさんが止めてくれたが、ゆいさんは好奇心を抑えきれなかったらしい。矢継《やつ》ぎ早《ばや》に質問し、俺に迫る。

一体どう答えたものか。

「ほら、お嬢。レヴィンが困ってるだろう？　そういうのはあとだ、あと」

ドクロ男がゆいさんを引き離してくれた。

正直、この喋る骸骨が一番の不思議だ。

「俺はガシャドクロのれっどら……だ。このセキレイで一番速い男だぜ」

そう言って、ドクロ男——れっどらが胸を張った。

「もしかして、君も妖怪なのか？」

「ええ。でも、カエデは違うわよ。角が生えている鬼人族だけど人間。私とれっどらはそうね、妖怪よ」

人の言葉を話す魔獣というのは結構珍しいのだが……セキレイには当たり前のようにいるのか……

「ともかく、レヴィン殿の事情は分かった。植物にはあまり詳しくないが、仲間の身体を治すためというのであれば、ぜひ力にならせてくれ。森を抜けた先に私の——月の氏族の集落がある。まずはそこで休むといいだろう」

「いいのか？　よその人間を簡単に信じて」

ゼクスとエリーゼから身分証代わりに紹介状を預かってきたが、まだ見せていない。あっさり信用されると、逆に心配になる。

「自らも命の危険に曝されながら、少女たちを守り抜こうとしただろう？　それだけで信頼に値《あたい》する」

エルフィとスピカはともかく、謎の少女については完全に成り行きで助けただけだが……そう言ってくれると、こちらとしてもありがたい。

……そういえば、あの少女はどうしたんだ？

「あ、あの、私の名前……私の名前はいいの……？　私だけ自己紹介を飛ばされた気がするんだけど……」

仲間外れにされたとでも思ったのか、少女が身を縮こまらせて落ち込んでいる。

「ふむ。特に口を挟んでこなかったので、何か事情があるのかと思っていたのだが」

「というか、あんたたちの仲間じゃないの？」

怪訝そうなカエデさんとゆいさんに、俺は首を横に振った。

「いや、さっき知り合ったばかりというか、知り合い以前の問題というか……」

そもそも俺たちが逃げる羽目になったのは、彼女が原因だ。

まあ、あんな状況では無理もないが。

俺たちの視線を受けて、少女が決まり悪そうに口を開く。

「あ……じ、自己紹介するね！　私は白星《パイシン》。さすらいの吟遊詩人《ぎんゆうしじん》だよ。シンちゃんって呼んでね」

「吟遊詩人？」

俺は白星と名乗った少女を改めて眺める。肩にかかるくらいの白髪をしており、左目を隠した髪形だ。垂《た》れ目がちで、可愛らしい印象を受ける。

吟遊詩人はリュートなどの楽器を持つと聞くが、彼女は手ぶらだ。まさか商売道具を捨てて逃げてきたのか？

「……訝《いぶか》しそうだね……分かった、訂正するよ。無職です……無職の白星です……」

さっきまでかなりテンションが高かったのに……白星がすっかりしょんぼりしてしまった。

カエデさんが困ったように声をかける。

「えっと……そうだ。君も集落に来るといい。折角だし、ご馳走《ちそう》しよう」

「え、いいの⁉」

提案を受けて、白星が目を輝かせた。

「実は、もう数ヶ月も何も口にしてないんだよね～。わーい！　久々のご飯‼　人のお金で食べる飯《めし》だ～‼」

スピカが神竜だと見抜いたことといい……謎めいた子だが、どこか愛嬌《あいきょう》がある。

俺たちはカエデさんの案内で月の氏族の集落を目指すことになった。

◆　◆　◆

その頃、セキレイ西部の紅玉山では火山が噴火し、大量の噴石や溶岩流が発生していた。

それらは紅玉山に降り注いでいるものの、都市を守る障壁にぶつかって次々と消滅していく。

紅霞城に避難したアリアとエリスは、その光景を見て息を呑んだ。

「す、凄いですね。これが星蘭くんの言っていた秘策ですか」

「うぅ……どうしてあんな噴火が……まだ地面も揺れてるし、怖いよぉ……」

アリアは大規模な災害に怯えきっており、エリスの袖《そで》を掴んで不安そうだ。

苦笑しつつ、エリスは友人の頭を撫でて落ち着かせる。

「ふふ。これがセキレイ秘伝の魔導具技術です！　と言っても、開発したのは僕らの代じゃないんですけどね」

星蘭が誇らしげに笑った。

「……そうだ。お二人とも、少しお手伝いをお願いできますか？」

「手伝い……ですか？」

「僕の占いによれば、最後に二度、大きな噴石が飛来します。町を守る障壁は、それらには耐えられません。お二人にはその噴石を砕くお手伝いをしてほしいのです、その……不思議に思うかもしれませんが、僕らは訳あってこの都市の外へ避難することができないので、どうしてもあなた方のお力をお借りしたいのです」

「えぇ!?　だ、大丈夫なんですか？」

「はい。もちろん、僕一人でもなんとかできますが……お二人の手伝いがあれば万全です」

「えっと……アリア？　いけそうですか？」

エリスが恐る恐る尋ねた。

するとアリアは鎧と大盾を生成し、臨戦態勢をとる。

「うぅ……セキレイに来て早々にこんなことになるなんて……でも、レヴィンの騎士としてここで逃げるわけには……」

目尻に涙を溜めながら、両手を強く握り込んでいる。恐怖心と持ち前の責任感を天秤《てんびん》にかけ、後者に軍配《ぐんばい》が上がったようだ。

やる気を見せているアリアを見て、星蘭の顔が明るくなった。

「お二人ともありがとうございます!!」

しばらくして、火山がひときわ大きく噴煙を上げた。そして巨大な噴石が障壁めがけて降ってくる。

星蘭が鋭く叫ぶ。

「今です!!」

衝撃に耐えかねた障壁が決壊し、魔力が飛び散った。

すぐさまアリアが巨大な障壁を展開する。しかしその余波を完全には防ぎきれず、都市の端に飛び散った噴石の欠片《かけら》が落ちてしまう。

「そ、そんな……!」

「大丈夫です、アリアさん。あそこは人がいない地区なので、想定通りです!! エリスさん、お願いします!!」

次に《暗黒騎士《ダークナイト》》の武装を展開したエリスが飛び上がった。

二度目の噴石はあまりにも巨大だ。障壁を失った紅玉山に落下すれば、甚大《じんだい》な被害が出るだろう。

「はぁあああああああああ!!」

裂帛《れっぱく》の気合いと共に、エリスが大剣を振るった。

噴石が見事に砕け散る。

「星蘭くん!!」

無論、粉々になった破片を放っておくわけにはいかない。

エリスの呼びかけで、星蘭が進み出た。

「ありがとうございます、お二人とも。これならば!」

星蘭が片手を突き出し、魔力を込める。

直後、彼の手から凄まじい威力の砲撃が放たれた。

あっという間に破片を光が包み込み、跡形もなく消滅させる。そして、空を舞う破片のすべてを消し去った。

やがて噴火が収まる。これ以上、噴石が町を襲うことはないだろう。

「ふぅ……成功してよかった」

星蘭がひと息つくと、城内に歓声が湧いた。

避難していた紅玉山の住人たちが口々に星蘭、そしてアリアとエリスに感謝を告げて帰っていく。

星蘭は二人に礼を伝えるため、貴賓室《きひんしつ》へ招いた。

「お二人のおかげで、今回の噴火を乗り越えることができました。本当にありがとうございます」

「でも、町が……」

自らの障壁が不甲斐なかったことを悔い、アリアが唇を噛む。

「今回の被害はほとんどないに等しいですよ。数百年に一度、あの火山は噴火して紅玉山を襲い、そのたびに町は全焼・再建を繰り返してきましたからね。都市の外周部だけで済んだのは初めてです。お二人の助力があったおかげだ」

星蘭が微笑んだ。

しかしその言葉を聞いて、アリアの頭にある疑問が湧く。

「えっと……そこまでして、どうしてここに住んでるの?」

「そうですね……複雑な事情があります。一つだけ言えるのは、僕たちはここに住み続けなくてはいけないのです。そうしなければきっと……セキレイの民は皆、滅びてしまうでしょう」

酷く深刻そうに星蘭が告げる。

セキレイに来たばかりのアリアたちには、彼らが抱える事情は分からない。

しかし星蘭の様子に、並々ならぬ事情が隠されていることを察するのだった。

「ふふ。少し、暗い話をしてしまいましたね。それよりも、お二人のことを聞かせてください。確か、大切な用事があってここに来たんですよね」

「あ、はい。実は……」

エリスがこの旅の目的——竜大陸で待つ仲間の治療のために、セキレイに生息するかもしれない毒の花を見つける必要があることを説明した。

そして一緒に来たレヴィンやエルフィたちとはぐれてしまったことも。

毒の花の特徴を伝えると、星蘭は顎に手を当てた。

「なるほど……確かに、見た目はセキレイでよく見られる花のようですね。ですが、この花は通常、それほど毒を持ってはいません。加えて不気味に赤く発光するということは……心当たりが一つあります」

「ほ、本当⁉」

「はい。ですが、そこはセキレイでも極めて危険な場所で……いくらお二人が強いとはいえ、向かわせることはできません」

「そこをなんとか……！　二人の人物の、命に関わることなんです！」

エリスの嘆願《たんがん》で、星蘭が考え込む。

「分かりました。では、こうしましょう。実は、その心当たりのある場所に、近いうちに調査隊を派遣する予定だったんです。その際に、花を採取してきます。それでいかがですか？」

「いいんですか？　星蘭くんに全てお任せしてしまう形になりますけど……」

「もちろんです。何せお二人は紅玉山を救った英雄ですから、これぐらい当然です。さあ、ご飯もたくさん用意しましたし、どうぞ召し上がってくださいね」

三人は歓談しながら、食事を楽しむのだった。

◆　◆　◆

大百足と大蜘蛛を撃退した……いや、撃退してもらった俺たちは森を抜け、カエデさんが長《おさ》を務める月の氏族の集落を訪れた。

「なんだこれは……一体、何があったんだ？」

拠点の有様《ありさま》を見て、カエデさんが言葉を失う。

セキレイ東部の趣《おもむき》のある木造建物と美しい庭園は、完全に破壊されていた。

集落の至るところに、怪我をした鬼人族が座り込んでいる。

「戻ったか、カエデ。遅かったな」

低く冷たい声が響く。

声の主――鬼人族であろう長身の男性は、右手に血塗《ちまみ》れの刀を握っていた。

「ゴウダイ……!?　まさか、お前ともあろう者が……!!」

敵意を露わに、カエデさんが刀の柄《つか》に手を掛けた。

ところが、ゴウダイと呼ばれた男は刀に付いた血をゆっくりと拭《ふ》き取り、鞘《さや》にしまう。

「何を勘違いしている？　俺はただ、力ある者としての義務を果たしに来ただけだ」

ゴウダイが地面を一瞥《いちべつ》した。視線の先には、真っ赤な瞳の黒い狐《きつね》が何匹も倒れている。

「妖狐《ようこ》……!?　正気を失っているようだが、こいつらが集落を襲ったというのか!?」

「カ、カエデ様……その男の言うとおりでさあ。悔しいッスけど、俺たちは助けられたんです……」

一人の男がよろめきながらやってきた。

「サノスケ⁉　大丈夫か？」

「すいやせん。留守を預かったのに、無様《ぶざま》にやられちまって……」

カエデさんがサノスケさんに駆け寄る。そこへ眼鏡をかけた鬼人族の女性も来た。

「こら、サノスケ……！　手当て中に急にどこへ……って、カエデ様⁉　いつお戻りに？」

「たった今だ。ミユキ、苦労をかけてすまない。私がもっと早く戻っていれば……」

ミユキさんはとんでもない！　と言わんばかりに両手を振る。

「カ、カエデ様のせいじゃありません‼　私たちが弱かったせいです……！」

「そうだ。この者たちは弱い。いくら数が多かろうと、妖狐ごとき撃退できぬとはな」

嘲《あざけ》るようにゴウダイが吐き捨てた。

「ゴウダイ、助けてくれたことについては礼を言う。だが、みんなを侮辱《ぶじょく》するのはやめてくれ」

「俺は事実を言っただけだ。力を持ちながら、研鑽《けんさん》を怠《おこた》るとは……おまけに、善良だからと妖怪と交流するなど、貴重な鬼人族の血を絶やすつもりか？　お前が甘いからこいつらも弱くなるのだ」

うーん……なんとも感じが悪い男だ。

その立ち居振る舞いから、相当な強者《つわもの》であることは窺える。月の氏族の人たちを妖狐から助けたのなら、実際に強いのだろう。とはいえ、その物言いには必要以上に棘《とげ》を感じる。

弱者を痛罵《つうば》する様子は、見ていて気分がいいものではない。

「妖狐が日増しに凶暴さを増していることは気付いていた。それを知りながら、集落を離れた私の責任だ」

「ならばその責、どう果たす？」

「どう、か……」

口ごもったカエデさんを、ゴウダイの鋭い眼光が射貫《いぬ》く。

「セキレイの東は国を守る要《かなめ》。そこに我らが暮らす意味は分かっているな？」

「もちろんだ。魔に堕《お》ちた妖怪は、いずれ西の民にも牙《きば》を剥く。ゆえにここで邪悪な妖怪を討伐することが、鬼人族の務めだ」

「何度も言ったが、今一度言うぞ、カエデ。俺と婚儀《こんぎ》を挙げろ。牙《きば》の氏族《しぞく》で最も強き力を持つ俺と、月の氏族を束ねる剣姫《けんき》であるお前。強き鬼人族の血を残すには、最善の選択だ」

「だが、それは……」

ゴウダイの言葉に、カエデさんが俯く。

察するに、ゴウダイは彼女の婚約者……ということだろうか？

カエデさんはあまり結婚に乗り気ではなさそうだが。

「……西の人間にまだ未練を残しているのか？」

「ち、違っ……」

「いい加減、目を覚ませ！」

怒りに満ちた表情で、ゴウダイがカエデさんの腕を掴んだ。

する彼女の肩の痣が発光し、着物の袖から覗く腕が徐々に黒く変色していく。

「や、やめろ……！　今は外界からの客人がいるんだ！　見せ……見せるな……」

「目を逸らすなよ、客の男。これが俺たち鬼人族の背負う宿命だ」

何を言っているのかと思ったが……変化はすぐに訪れた。

カエデさんとゴウダイを中心に、周囲の植物が急速に枯《か》れ始める。

「鬼人族の呪われた腕は動植物の【生命力《エーテル》】を奪う。現に、今もこうして大地を枯らしているではないか。それでもなお、お前は西の人間と番《つが》いたいのか……!!」

「ゴウダイ……!!　カエデ様を放せ!!」

サノスケさんが掴みかかるが、あっさりとかわされた。逆に鳩尾《みぞおち》を殴られてしまう。

「ガハッ！」

「フン、鬼人族の恥晒《はじさら》しめ」

組み伏せたサノスケさんを見下ろし、罵倒するゴウダイ。

「ぐ……ぁ……ちく、しょう……」

「サノスケ！」

ミユキさんが駆け寄ったのを見て、ゴウダイはその場をどいた。

「まあいい。今日はたまたま通りかかっただけで、答えを急《せ》かしに来たわけではない。それよりもこの未熟者共を、せいぜい鍛え上げることだな。さもなければ、いずれ死ぬことになる」

最後まで一方的に吐き捨てると、ゴウダイは集落を去っていった。

……なんとも気まずい場面に立ち会ってしまった。

「えっと……彼は？」

今の男について、カエデさんに尋ねてみる。

「牙の氏族をまとめるゴウダイだ。一応、私の婚約者でもあるが……」

「やっぱりか……」

あんな男と結婚したら、息が詰まりそうだ。

「彼のことはいいとして……すまない。ご馳走すると言ったが、それどころではなさそうだ」

妖狐に襲撃された影響で、集落の建物はボロボロだ。月の氏族の人たちも酷い怪我をしている。

ご馳走どころの話ではないだろう。

「そんなことはいいよ、カエデさん。それよりも他の人の手当てや家をどうにかしないと。俺たちも手伝うから」

ゆいさんがため息をつく。

「そうね。このままじゃ、今夜は野宿になっちゃうもの。はぁ……妖怪の襲撃は日増しに増えていくし、どうなっているのかしら」

かくして、俺たちは集落の復旧を手伝うことになった。

一時間ほど働いた頃、俺は集落の外れに妙な物体があることに気付いた。

「カエデさん、あれは？」

近づいて確認してみる。それなりに大きく、四本の手と脚を持った球体の魔導具のようなものだ。

「私にもさっぱり……あれはつい最近、とある遺跡から出土した古代遺物なんだ。今はゆいに解析を依頼している」

「そういえば俺たちを助けてくれた時、ゆいさんは大砲みたいな武器を使ってたよな。もしかして魔導具に詳しいのか？」

ちょうど隣に来たゆいさんに聞いてみた。

「そ。ちなみにあれは、今研究中のやきいもくん漆号よ」

「や、やきいもくん……」

武器に付けるには、可愛らしい響きの名称だ。

「大気中の魔力を取り込んで、砲弾にして放つのよ。今は威力は小さいけど、いずれは大火力を出せるように改良中。戦闘データを集めるためにあの森に行ったら、あなたたちと出会ったってわけ。何？　カエデと古代遺物の話をしていたの？」

「そうそう。これってなんなんだ……？」

形状からは、用途が皆目見当がつかない。

「魔道具の解析って簡単なことじゃないの。それが古代文明の代物ならなおさらね。悪いけど、まだ何も分かっていないわ」

「なるほどな」

そういえば、アントニオも神竜文明の技術の解析に苦労していた。国が変わっても、研究者の仕事には変わらない苦労があるのかもしれない。

俺は苔《こけ》むした古代遺物の側面を撫でる。すると……


――『竜《りゅう》ノ喚《よ》ビ手《て》』ノ来訪ヲ検知。私ハ万能工作機「クロウ」。ナンナリトゴ用件ヲオ申シ付ケクダサイ。


「な、なんだあ!?」

カタコトの言葉と共に古代遺物が立ち上がり、俺の前でお辞儀した。

竜の喚び手……それに、「万能工作機」だって？

「ま、待って。レヴィンさん、どうやったの!? 今まで何をしても起動しなかったのに……」

ゆいさんが驚いているが、俺にもさっぱりだ。

近づいてきたスピカがこそこそと耳打ちしてくる。

「これってアントニオさんが探してた……」

「ああ、噂の万能工作機だろうな」

思いがけず探し物が見つかった。

こんなにあっさりと目的の一つが達成できたのは拍子抜けだが……これがあれば、アントニオたちの研究が進む。実用化すれば、戦争で疲弊したエルウィンとクローニアの復興も捗《はかど》るはずだ。

「明らかにレヴィンさんに反応したけど、どういうことなのかしら」

多分、万能工作機は神竜と契約している俺に反応したんだろう。

俺はカエデさんたちに神竜――いまだに気絶しているエルフィと契約している《聖獣使い《ホーリーテイマー》》であること、そして竜大陸から来たことを明かす。

「何ができるか確認してみてくれない⁉」

興奮した様子でゆいさんが迫ってくるが、俺も使い方を知っているわけじゃないんだよな……

とはいえこれが本当に万能工作機なら、地上でも【仮想工房】のような機能を使えるはず。今動かすことができれば、集落の復旧に一役買ってくれるに違いない。

俺は万能工作機――クロウに話しかけてみる。

「試しに、さっきまで建っていた集落の家を再現してくれないか？」


――カシコマリマシタ。シバラクオ待チクダサイ。


クロウが四本の手を伸ばし、指先をドリルやのこぎりに変形させた。

そして壊れた家から資材を集めると、それらを建材にして組み立て始める。

竜大陸の【仮想工房】のように、一瞬で建物を建てる……とはいかないらしいが、人の手でやるよりもはるかに速い。あっという間に一軒家が完成した。

「自律して動く魔導具……それもかなりの精度だわ。作業工程によってアームを変える知能まであるなんて……一体、どうしたらこんな技術を生み出せるのよ……はは……」

半笑いを浮かべたゆいさんが、なんだかショックを受けている。

現代の魔導具とは比較にならない、高度な神竜文明の技術を前に圧倒されているようだ。

「こんな短時間で元通りの家が建つなんて……」

新品同然の家を前に、カエデさんは驚いた様子だ。

そして俺を振り返り、深々と頭を下げる。

「レヴィン殿、どうかお力をお借りできないだろうか。この魔導具で、集落を再建してほしい……！」

もちろん、断る理由はない。俺はクロウに頼んで集落の再建に着手した。

先ほど再建した家は、仮の休憩所として利用しよう。そこで村の人たちの手当てを行っている間に、俺とスピカ、クロウは協力して壊れた家を修理していく。

頑張って働いた甲斐があって、日が落ちる頃には月の氏族の集落は元通りになっていた。


その晩、俺たちは約束通りカエデさんからもてなしを受けていた。

見慣れない座敷《ざしき》という部屋に通される。

「おい、ミユキ！　集落の恩人を歓迎するのは俺の役目だぞ！」

「何言ってるの。レヴィンさんたちはカエデ様のお客様なんだから、当然私がもてなすのよ!!」

ゴウダイに組み伏せられていたサノスケさんと、彼を手当てしていたミユキさんが口論している。

聞いたところによると、二人はカエデさんの側近だそうだ。共に彼女を強く慕《した》っていて、反《そ》りが合わないらしい。

「大体ね、サノスケは妖狐から私を助けて怪我したうえに、ゴウダイにも殴られたでしょ……横になってないとダメ!!　また傷口が開くわよ」

……ミユキさんの態度を見る限り、意外と仲がいいんじゃないか？

揉《も》めている二人を気に留めず、カエデさんが話しかけてくる。

「レヴィン殿、先ほどは本当に助かった。おかげでみんなゆっくり休めそうだ。今夜はご馳走を用意した。好きなだけ食べてほしい」

カエデさんの合図で、分厚い牛肉のステーキが運ばれてきた。

「なんだ、この背徳的な料理は……」

丼《どんぶり》にライスが盛られており、上にステーキが載っている。ステーキにはガーリックと焦《こ》げた醤《しょう》油《ゆ》が香るソースがかかっていた。

祖国では見たことのないスタイルだ。

「レイジングタウルスの肉で作ったステーキ丼だ。スタミナを付けるにはこれが一番だぞ！」

好物なのか、カエデさんが嬉しそうに解説してくれた。

レイジングタウルスは牛が突然変異した魔獣で、その肉はかなりの美味だと聞く。

アツアツのステーキからにじむ肉汁と醤油ベースのソースが混ざり合い、ライスはつやつやと輝いていた。

「いただきます」

早速、肉を一切れ頬張る。

「んん!!　凄いぞ……旨味《うまみ》の暴力だ!!」

脂《あぶら》は控えめだが、口の中で肉汁が弾けて最高の味わいだ。セキレイ風のソースも美味しく、さっぱりと食べられる。

この肉をライスと一緒に食べると……至福といっても過言ではない。

スピカも目を丸くして食べている。エスメレが興味深そうに丼を覗き込んだ。

「む。美味しそうな匂い」

豪華な食事に舌鼓《したつづみ》を打っていると、座敷の片隅に寝かされていたエルフィが起きてきた。

セキレイの聖獣（?）に襲われ、空中で意識を失ってかなり寝込んでいたが……けろっとしていて元気そうだ。

「ママたちだけずるい。これは何?」

ここがどこなのかとか、カエデさんたちが誰なのかとか……もっと気になることはないのか?

真っ先に食べ物に関心が向くのは、食いしん坊なエルフィらしい。

「ステーキ丼だってさ。セキレイ風の味付けで、めちゃくちゃ美味しいぞ……カエデさん、あの――」

恐る恐るエルフィの分の食事をいただけないかと聞いてみる。するとカエデさんは、「いくらでも用意しよう」と快諾《かいだく》してくれた。

なんとエルフィが腹ぺこなのを察して、どーんと巨大な器が運ばれてくる。

山盛りのライスに溢れんばかりのステーキ……エルフィはあっという間に平らげた。

「上質なお肉と丁寧な味付け、最高だった」

「そう言ってもらえると用意した甲斐がある。おかわりはいるか？　いくらでも作ろう」

「……いいの？」

「無論だ。たくさん食べるといい」

するとエルフィは何杯ものおかわりを所望した。

一体細くて小さいこの身体のどこに入るんだ？

あまりにも器を空にするペースが落ちないので、保護者としてだんだん申し訳なくなってきた。

食費が馬鹿にならないと思うが……座敷にいる鬼人族のみんなは誰も気にする様子がない。

というか、エルフィほどではないが他の人たちもかなりの大食いだ。

「レヴィンさん、おかわりはいかがですか？　遠慮せずにいいのですよ」

ミユキさんが尋ねてくる。

「ありがとう、ミユキさん。でも一杯がボリューミーだったから、これ以上は入らないよ」

「本当ですか？　……もしかして、体調が優れないとか？　気付かずに申し訳ございません！　よろしければ、横になれるようにお布団の準備を……」

なぜかミユキさんを心配させてしまったみたいだ。

慌てて立ち上がりかけた彼女を、カエデさんが制する。

「普通の人間は我々鬼人族ほど食べない。レヴィン殿は平均的な食事量だよ」

「そうなんですか!?　あまり食べない私でも五杯はないとお腹が空くのに……不思議ですね」

小食で五杯か……食費が凄いことになりそうだ。

「それにしても、さすがはカエデ様です。なんでもご存知なんですね!!」

ちょっと大げさな気がするが、ミユキさんが嬉しそうにカエデさんを称《たた》える。

本当に知らなかったのか……他の鬼人族の人たちも、驚いたように俺を見てきた。

復旧作業を手伝っている際に、セキレイの東側には鬼人族と妖怪たちしか住んでいないと聞いた。

もしかしたら、普通の人間……西側で暮らしている人々と会う機会が少ないのかもしれない。

カエデさんは西の人と交流があるのかな。

「でも、カエデ様……あの白星という少女は、かなり食べていらっしゃいますよ?」

ミユキさんの言う通りだ。

妖怪に追われ、成り行きで一緒になった白星は、もの凄い勢いで食事をかき込んでいる。

その食べっぷりは、エルフィに匹敵《ひってき》する。

「いやあ、数ヶ月ぶりのご飯は最高だなあ!!」

「大げさだなあ」

かなりお腹を空かせていたみたいだが、数ヶ月というのはさすがに誇張しすぎだろう。

「本当だよ、レヴィンちゃ～ん。もうずっとお肉が恋しくて恋しくて……」

「白星殿にも随分と助けられたな。まさかあれほど魔導具に精通していたとは」

カエデさんが言っているのは、集落を修復していた時の白星の活躍ぶりである。

彼女は壊れた水道を元通りにしたのだ。

万能工作機……クロウが記録していた設計図は少なく、作れるものは限られていた。作れないアイテムの一つが、襲撃で破損した水道設備だったのだ。

俺たちが困っていると、白星が「じゃあ、私がやってみる！」と言い出したので、試しにクロウを任せた。

すると彼女はすぐに仕組みを理解し、あっという間に設計図を書き上げ、水道の修復を成し遂げたのだ。

みんなに褒められて、白星が得意そうに笑う。

「いやあ、それほどでもあるかなあ。魔導具の研究はお姉さんの得意分野だからね」

「待って。あなたが書いた設計図には、見たことない技術が使われていたわ。どこで勉強したの？」

ゆいさんが尋ねる。

白星が改良した水道には取水《しゅすい》と浄水《じょうすい》を行う、複雑で巨大な槽《そう》が付いていた。これはもともと集落で使われていた仕組みより、ずっと高度なものだそうだ。

「ふっふっふ。これもお姉さんの日々の研鑽の賜物《たまもの》だよ、ゆいちゃん」

「『ちゃん』はやめて。それに答えになってないわ……私にも少し、やり方を教えなさい！」

ゆいさんが詰め寄るが、白星はのらりくらりとかわしている。

積極的に集落の復旧を手伝っている様子を見たので、白星を疑う気持ちはない。しかし、スピカが神竜であることを見抜いたり、なぜか高度な魔導具に詳しかったり……どこかミステリアスな少女だ。

思う存分食事を楽しんだあと、カエデさんの厚意《こうい》で、俺たちは彼女の屋敷に泊まることになった。セキレイではベッドではなく床に布団を敷いて寝るらしい。異国文化に戸惑いつつ、俺たちはセキレイでの一日を終える……つもりだったのだが。

「アリアとエリスはどうしてるんだろう。無事ならいいんだけど……」

いざ寝ようとなると、離れ離れになったアリアたちのことがどうしても頭をよぎる。

二人とも、俺なんかよりもずっと強い。有翼の天靴もあるからちゃんと着陸できたと思うけど……顔が見えないだけで、こうも不安になるとは。

俺はどうしても寝付けず、夜風に当たることにした。


屋敷を出て、集落を歩いていく。

「あれ？　何か聞こえる……？」

剣を振るう音と獣……いや、妖怪の鳴き声だろうか？

集落を何かが襲っているのかもしれない。

俺は慌てて【竜化】し、音のする方へ向かった。

そこには、意外な光景が待ち受けていた。

「もう何も来ないよね？　今日もたくさんいて疲れたなぁ……ううん。もっと私が強くならないと。

それに締切もあるし……」

地面に倒れ伏した大蜘蛛を前に、カエデさんが刀に付いた血を拭う。

どうやら、もう戦闘は終わってしまったみたいだ。

【竜化】を解いた俺は、ゆっくりとカエデさんに近づき、背後から声をかける。

「カエデさん、まさか集落の見張りをしてたのか？」

「ひゃっ⁉ レ、レヴィン殿⁉」

カエデさんが飛び上がった。

「す、すまない……びっくりさせてしまったか？　なるべく音を立てないようにしたからかもしれないが……」

よく見ると、倒れている妖怪は一匹や二匹ではない。

数十匹もの妖怪が土にまみれていた。

妖怪の数もさることながら、それを一人でなんとかしたカエデさんは凄まじい剣の腕だ。

「夜の見張りは、私の日課だ。みんなが穏やかに寝られるように努めるのが頭領《とうりょう》の役目だからな」

「日課って……まさか夜通し⁉」

「いや、丑《うし》の刻《こく》……二時頃だけだ。この時間になると妖洞《ようどう》が生まれて、大量の妖怪が湧くんだ。私はその時間だけ担当して、あとは当番の者に引き継いでいる」

「みんなで協力して戦わないのか？」

普通に考えれば人手は多い方がいい……と思ったところで気が付いた。

今日はみんな負傷している。もしかしたら今夜だけの特別態勢なのかもしれない。

ところが、カエデさんは首を横に振った。

「……これも修業の一環だ。私は強くなる必要があるからな。修練の機会を逃すわけにはいかない。私は必ず――」

カエデさんが自らの刀を見つめた瞬間、どこからか声が聞こえた。

「初代鬼王が鍛造《たんぞう》した名刀『凰瑞《おうずい》』……だよね？　その刀って」

月明かりに照らされて、白星が歩いてくる。

「凰瑞をよく知っているな……！　白星殿、どこでそれを？」

「うーん……分からない。実は私、記憶がないんだよね。なぜか覚えていることもいくつかあるけど、自分のことになるとさっぱり」

記憶喪失《きおくそうしつ》というやつだろうか。

夕食時にゆいさんをはぐらかしていたのは、白星本人さえどこで学んだか覚えていない知識だったので、気を遣わせないようにするためだったとのことだ。

「でもその刀は知っているよ。一目見て、そうだ、私はそれを探していたんだって思ったから。月の氏族が保管していたんだね」

「すまないが、これは我が一族の宝なんだ。恩があるとは言え、差し出すわけには……」

「あ、待って待って。その刀が欲しいってわけじゃないの。ただ、存在を確認したかっただけ？　みたいな……それに私、刀なんて扱えないし」

慌てたように白星が首と手をブンブンと振った。

俺は思わず口を挟む。

「存在を確認したいって……どうしてだ？」

「だって、その刀はかつて覇王を倒した英雄が使ってた武器なんだもの。それがあれば、【終末《しゅうまつ》の獣《けもの》】を倒せるんじゃないかな～って」

「終末の獣ってなんのことだ？」

ピンと来ないが、カエデさんは考え込むような仕草をした。

「セキレイの民は呪われている。鬼人は生命力を奪うおぞましい腕を持ち、人間は呪いに侵され未来がない。その元凶こそ、北に眠る終末の獣なんだ。一体どこから来たのか、なぜ呪いを振《ふ》り撒《ま》くのか。正体は分かっていないけど、セキレイ人なら誰もが知ってる伝説的存在だよ」

白星が北を指差した。

そういえば……セキレイの上空を飛行している時、北側の大地が真っ赤に染まっているのを見たっけ。もしかして、終末の獣と関係があるのだろうか。

「そうだな。白星殿の言う通り、私たちは呪われている」

カエデさんが袖をまくり、左腕を露わにした。

「ちょうど丑の刻……妖怪が凶暴化するのに呼応して、この腕も黒く染まる。見てくれ、周囲の木々が生気を失っているだろう？」

確かに、みるみるうちに木々が枯れていく。

そういえばゴウダイとやり取りしている時に、そんな話をしていたな。

「さっき集落を妖狐が襲ったでしょ。妖狐はもともと、人と共存してきた妖怪だ。だけど……呪いに浸食され、今では理性を失った化け物になってしまった。カエデちゃんならその意味が分かるよね？」

「……ああ。恐らく、封印がもう保たないのだろう。じきに終末の獣が目覚めるかもしれない。事実、邪悪な妖怪は数を増しつつあり、我々、鬼人族の呪いも強くなっている。もしその日が来たら、私が彼《か》の者《もの》を滅しよう」

先ほど、カエデさんは「強くなる必要がある」と言っていた。

あれは終末の獣の復活に備えるためだったのか……

「セキレイの民は東西に分かれて暮らしているんだ。なぜなら、鬼の呪いが、ただでさえ短い西の民の寿命を擦《す》り減らすとされているからだ。呪いの元凶――終末の獣を討てば、分かれて暮らす必要もなくなる。そうすれば私も……もう一度、あの人に……」

カエデさんが顔をしかめ、苦しそうな表情をする。

今、誰かのことを口にしていたような……？　呪いによって、親しい人と離別した経験があるのだろうか。

「でもよかった。今の凰瑞の持ち主が、カエデちゃんみたいな強い人で」

「白星殿、もしかして君は……」

「記憶がなくても覚えている使命。私はセキレイの人たちが苦しむ呪いをこの地からなくしてみせる。そのためには、どんなことだってするつもり」

昼間に見たふざけた雰囲気は霧散し、表情は真剣そのものだ。

呪いをもたらす終末の獣……そんなものがセキレイにいるとは思ってもみなかった。

短い付き合いだが、俺はもうカエデさんたちの人となりを知ってしまっている。呪いで苦しんでいるのに、聞かなかったことにするなんてとてもできない。

何か手伝ってあげられることはないだろうか。

「白星殿、君の考えを聞けてよかった。私も終末の獣を倒したいと思っている。同じ志《こころざし》を持っているのであれば、我々は協力できないだろうか？」

「うんうん。もちろんだよ」

カエデさんと白星が握手を交わす。

「そういうことなら、俺も協力させてくれないか？」

「レヴィン殿、気持ちはありがたいが、セキレイ人ではない君がそこまでする必要は……」

カエデさんが遠慮する。

だが俺は首を横に振った。

「カエデさんの気持ちは分かるよ。でも、君たちには妖怪に追われているところを救ってもらった恩がある。こうして食べ物や寝る場所まで世話になっているし、できることはしたいんだ」

それに……無性に胸騒ぎがするのだ。

終末の獣という名を聞いて、謎の焦燥感《しょうそうかん》が湧いてきた。

必ず、俺がどうにかしないと……自分でも分からない責任感に突き動かされている。

「レヴィン殿……感謝する」

こうして、セキレイ一日目の夜は更《ふ》けていった。

◆　◆　◆

噴火を乗り越えた翌日。アリアとエリスは紅玉山の町並みを見て回っていた。

昨日彼女たちが出会った星蘭。彼は西側で暮らす人間たちを束ねるセキレイの代表者——星王《せいおう》だ。

アリアたちはそんな彼の支援を受け、紅玉山に拠点を確保していた。

「うーん。まさか、星蘭くんがこの国の王様だったとは……びっくりしましたね」

「そうだねー」

しみじみと呟くエリスに、アリアが相槌を打つ。

「なんだかお腹が空いてきちゃいましたね。そろそろ昼時ですし、ご飯にしましょうか？　セキレイグルメ、楽しみです！」

「楽しみだよねー」

「……アリア？」

上《うわ》の空《そら》なアリアの様子を不審に思い、エリスが顔を覗き込む。

「どうしたの、エリス？」

「えっと……何するか聞いてました？」

「もちろん聞いていた。これから一狩《ひとか》り行くんだよね？　大丈夫。美味しい魔獣を仕留めてみせるよ」

「もー！　そんなこと言ってませんよ……これからお昼にしましょうって話です」

「……当然、今のは冗談。そうだよね。お店を探すんだよね。早速、行こ——あひっ!?」

方向転換した途端、アリアは目の前の柱に盛大に頭をぶつけてしまった。

そして額が赤く腫《は》れているにもかかわらず、気にも留めずに歩き出そうとする。

「ア、アリア!?　大丈夫ですか？」

明らかにぼーっとしている。エリスはますます心配になった。

（こんなに変なアリア、初めて見ました。一体、どうしたんでしょう……？　まさか、具合が悪いのでは……）

そんな危機感に駆られ、エリスはアリアの身体をじっくり眺めた。

しかし、普段と大して変わりがない。

しばらく考えているうちに、エリスは一つの仮説に行き着いた。

「もしかして……アリア、レヴィンさんとはぐれて気が気ではないのでは？」

その言葉は図星だった。

「そんな、まさか！　レヴィンはああ見えてしっかりしているから、私なんかがいなくても大丈夫。エルフィだって側にいるはずだし。魔導具の靴も履いているんだから、嵐に巻き込まれて地面に激突……なんてありえない！　だから、私が心配する必要はない。子どもの時もそうだった。野生の狼と取っ組み合いになったのに、最後にはなぜか打ち解けて笑顔でお別れしてたし。なんだかんだでレヴィンはうまくやる。今だって冷静に対処してるに違いない。前にエルウィンを追放された時もうまくやってたし――」

凄まじい早口で、アリアが捲《まく》し立てる。

レヴィンを案じて取り乱しているのは明らかだった。

（どうやら、大丈夫じゃないのはこっちの方みたい……）

エリスはそんな友人をなんとか落ち着かせようとする。

「うんうん。私もレヴィンさんなら心配ないと思いますよ！　それより、これからの方針を立てましょう。レヴィンさんとすぐ合流するためにも、ひとまず腹ごしらえをしたいですね」

「もちろん。兵糧《ひょうろう》の確保は戦争の基本」

そう答えながら、アリアがよろよろと進んでいく。

「あ……は、鼻血が出てますよ！」

エリスは取り出したハンカチでアリアの鼻を押さえ、身体を支えた。

「あそこがよさそうですね！　繁盛《はんじょう》していますし、人気店の予感です！」

エリスが指差したのは、広々とした大衆食堂だ。

一階が吹き抜けになっていて、たくさんの丸テーブルが置かれている。

何よりエリスの目を引いたのは、店頭に出ている木製の丸い調理器具だ。

食べ物を蒸《む》しているようで、店員が蓋《ふた》を開けるたびに白い蒸気が立ち上る。

人気商品なのか、通行人が行列を作っていた。

「うーん、気になりますね。セキレイの郷土料理《きょうどりょうり》でしょうか。なんだかとってもいい香りです」

「……よく分からない」

鼻をふさがれているアリアはピンと来ないようだった。


エリスはアリアを連れて食堂に入った。

「さ、アリア。まずはここに座って……鼻血は止まってるようですね。喉が渇《かわ》いたので、何か飲み物をいただきたいところですが――」

そう言いかけた時、エリスたちが着いたテーブルに年若い女性店員がやってきた。

「当店自慢のお茶をご用意いたします」

「あ、ありがとうございます……えっと、これは？」

運ばれてきたものを見て、エリスは戸惑った。

陶器の茶杯《ちゃはい》が二つに、ティーポットも複数ある。特にティーポットの一つは注《そそ》ぎ口がとても長く、見慣れないデザインをしていた。

「ああ、申し訳ございません。お二人は異国の方ですね？　では、わたくしが注いで見せましょう」

そう言った店員がテキパキと準備をする。

まずは茶杯を湯で温める。ついで注ぎ口の長いポットに茶葉を入れ、十分に蒸らした。

やがて、彼女は鋭く叫んだ。

「では、まいります……ハッ!!」

その掛け声と共に、店員が驚くべき行動に出た。

なんと注ぎ口の長いポットを持ったまま、キビキビした動きで舞《まい》を踊り出したのだ。

「ハーッ!! テヤーッ!! トワァアアアア!!」

セキレイ独自の武術の動きを取り入れた、流れるように鮮やかな舞。

一通り披露すると、店員はポットを持つ手を背中に回し、背中越しにテーブルに置かれた別のポットにお茶を注いでみせた。

動きには一切の無駄がなく、注ぎ口から溢れたお茶は美しい曲線を描いてもう一つのポットへ吸い込まれていく。

一滴もテーブルにこぼさず、店員はお茶を注ぎ切った。

今まで上の空だったアリアも、これには目を見張る。

「す、凄い……エリス、洗練されたプロの動きだよ。かっこいい」

「そ、そうですね。とても素晴らしい」

今の舞は必要だったのだろうか……エリスは胸の内に湧いた疑問に蓋をする。

「ではお召し上がりください」

店員に促されるまま、二人は茶杯にお茶を注いだ。そしてお茶を口に含む。

「紅茶とは風味がかなり違いますが、とてもすっきりした味わいですね」

「うーん。なんだか落ち着いてきたかも」

お茶を飲んで心がほぐれたようで、アリアも落ち着きを取り戻す。

「お気に召したようで何よりです。それでは早速、他のお茶を試してみてください。異なる茶葉を厳選《げんせん》しておりますので、先ほどとはまた違った味わいになりますよ」

店員が新たにお茶を用意し、エリスに淹れるように促す。

(お茶を試す……つまり、掛け声と舞を見せればいいんですよね!)

わずかに躊躇《ためら》った彼女だったが、意を決して立ち上がった。

ティーポットを手に取り、深く息を吸う。

「い、いきます。は、はぁ~! とりゃぁ~!!」

「あっ、も、申し訳ございません! 舞と掛け声は結構です!」

見様見真似で踊り出したエリスだったが、慌てた店員に止められてしまう。

「えっ……?」

エリスが固まると、周囲のテーブルから笑い声が漏れた。

「~~~~~~~~~~っ!?」

盛大な勘違いをしてしまい、エリスは熟《う》れたリンゴのように真っ赤になった。

「ど、どんまい……こういうこともあるよ」

アリアが慰めるが、エリスの羞恥《しゅうち》は増すばかりだ。

「ほ、本当に申し訳ございません。先ほどの舞は当店オリジナルのパフォーマンスでして……観光客の方に評判がよかったので時折行っているのですが……その……勘違いをさせてしまい、失礼いたしました」

エリスを気遣って、店員が謝罪した。

「い、いいんです……私が間抜けだっただけですから……」

いたたまれない空気がその場を支配する。

話題を変えようと、店員は恐る恐る尋ねた。

「あー……その、お二方とも、食事はいかがなさいますか？　当店では和風も華風《かふう》も取り扱っておりますので、遠慮なくお申し付けください」

「『わふー』と『かふー』とは？」

耳慣れない言葉をアリアが尋ね返す。

「よくぞ聞いてくださいました。セキレイと言っても、西と東で文化が異なるんですよ。この紅玉山を中心とした西部は絢爛《けんらん》な文化が特徴で、東の方は質素でありながら自然と調和した美を尊《とうと》ぶ地域なんです」

店員が慣れた様子で説明する。

「郷土料理にも違いがありまして……西では味付けが濃く、アツアツの料理が好まれます。東は素材を活かした繊細な味わいを楽しむ料理が主ですね。こちらの文化を華風、東を和風なんて言うんですよ」

「なるほど……そうなると、私たちの知っていたセキレイ料理はごく一部だったってわけだね……」

アリアもエリスも、レヴィンが再現したセキレイの料理——和風料理に分類される和食を食べたことがあった。だが、華風料理は未経験だ。

ようやく恥ずかしさを乗り越え、エリスが会話に交じってくる。

「うーん。そうなると、一体どれを頼めばいいのでしょう？」

「折角ならお店で一番美味しいものを食べたいよね」

二人はレヴィンの手料理ですっかり舌が肥《こ》えていた。未知の土地でも、食事は最大限に楽しみたい……そう考え、思考を巡らせる。

「安全策を取るなら、以前、レヴィンさんとアリアが作ってくださった和食にするべきですが……」

「本場で食べるグルメなんて貴重だよ？　食べ慣れたものよりも、今まで食べたことのないようなものがいい」

未知の土地での注文は、博打《ばくち》のようなものだ。

二人にはセキレイ料理の知識はなく、文字だけのメニューを見て、好みの料理を選べる保証はない。

アリアが大いに悩んでいると……

——チラリ。

エリスがこっそり周囲を見回し始めた。周りの客が頼んでいる品を参考にするつもりなのだ。

（いい作戦……常連客ほど味に詳しいのは当然。それなら、彼らが食べている料理こそ一番美味し

いものだ）

活路を見出したエリスに、アリアは心の中で感心する。

（でも、エリスは照れちゃってる。ああして見ていても、どんな料理か分からない）

エリスはかなりの恥ずかしがり屋で、何かと周囲の目を気にしてしまうタイプだ。

だがアリアは違う。周囲の目をさほど気にしない彼女は、堂々と周囲のテーブルを見渡した。

「ん……あれはなんだろう？　木の器……？」

アリアの呟きを拾って、店員から解説が入る。

「あれは蒸篭《せいろ》ですね。中に入っているのは点心《てんしん》という品で……一言で表すのは難しいですが、小腹を満たすのにちょうどいい、小ぶりな食べ物です。種類がいろいろあって、美味しいですよ」

「もしかして、お店の前で売っていたのも『てんしん』ですか？」

エリスが尋ねると、店員は大きく頷いた。

「その通りです。外で販売しているのは、饅頭《まんじゅう》という華風料理ですね。外は甘くてもちもちの小麦粉の生地。中はたっぷりのお肉や刻んだシイタケなどの具がぎっしり詰まったジューシーな一品です。当店の一番人気の商品でして……他にも焼売《しゅうまい》やエビ餃子《ぎょうざ》、甘いデザートなど様々な点心を取り扱っております」

「……エリス」

アリアが視線を送ると、エリスは静かに頷いた。

言葉はなくとも、二人の意思が一つになる。

「おすすめの点心をいただけますか？」

エリスがオーダーしてから十数分ほどすると、二人が座る卓《たく》に料理が運ばれてきた。

「この食べ物は……？」

一品目は皮で包まれた薄桃色《うすももいろ》の料理だ。アリアは店員に勧められた酢《す》をかけ、恐る恐る口に運ぶ。

アリアはレヴィンに影響され、猛練習の末に箸《はし》を使えるようになっていた。エリスは器用にレンゲで掬《すく》って食べていく。

「凄い……皮はもちもちなのに、エビの身はぷりっとしてる」

二人が食べたのは、エビ餃子だ。

エビの剥き身は、細かく刻まれながらも弾力ある食感を残しており、もちっと、それでいてつるんとした皮の食感と共に舌の上で溶ける。

「アツアツでとても美味しいです!!　ほっぺたが落ちそう……」

その後もフカヒレ餃子、焼売《しゅうまい》などなど……二人は華風料理を目いっぱい味わった。

しばらくして、また新たな料理が出てくる。

「ふむ。これも具材はお肉でしょうか」

早速、エリスがレンゲで掬い取ろうとする。

「あ、お待ちください、お客様!!　小籠包《しょうろんぽう》は――」

店員が慌てて制止するが、時すでに遅し。エリスのレンゲが小籠包の皮を突き破り、中から熱いスープが飛び散った。

肉汁が頬にかかり、エリスが身悶《みもだ》える。

「んひゃあああああ!?　あ……熱いです……!?　な、なんですかこれ!?」

慌てて店員が冷えたおしぼりを持ってきた。涙をにじませたエリスは、それを頬に押し当てる。

「す、すみません。またしても、こんな失態を……」

「こちらこそ、説明をせず申し訳ございません。この料理は小籠包と言いまして、中に熱い肉汁がたっぷり詰まっているんです」

店員がメニューをひっくり返し、食べ方が載ったページを見せた。

「小籠包は一度レンゲに載せて、皮を少し破るんです。するとスープが出てきますので、こちらを先に味わってから酢に漬ける食べ方がよいと思います」

箸を使えないエリスのために、店員がフォークを渡す。

多少トラブルはあったものの、味は文句のつけようがない。

アリアたちは初めて食べる小籠包に舌鼓を打った。

「あ……教わった通りに食べたら、とても美味しいですよ」

「うん。お肉がぎっしり！」

小籠包の真価は、肉汁に表れる。

肉を減らし、他の具でごまかすような作り方をしたら、ジューシーとは言い難い代物になるだろう。

この店では豚肉を存分に使ってタネを作っており、濃厚でコクのある味わいになっている。まず体を芯《しん》から温めるような肉汁の風味に身を委《ゆだ》ね、次に残った部分を酸味の強い黒酢《くろず》に漬けて味の変化を楽しむ。

アリアたちにとって、小籠包との出会いはたとえようがないほど尊いものだった。

食後のお茶をいただきながら、アリアがうっとりとした笑みを浮かべる。

「はぁ……幸せな時間だった」

「そうですね。味は最高でしたし、店員さんも凄く親切で本当にいいお店です。悪かったのは、私のお間抜けさです……」

エリスは自分の失敗を思い出し、沈んでいた。

「その、どんまい……」

アリアはエリスを慰めながら店を後にした。その足で、二人は星蘭が手配してくれた宿へ向かう。

「それにしても、宿屋への紹介状まで書いてもらって……星蘭くんには頭が上がりませんね。知的で、優しくて……柔和《にゅうわ》な顔立ちも含めて、まるでハルウタの辰宿《しんしゅく》様のようでした」

マンガのキャラクターになぞらえて、エリスがしみじみと感謝を口にする。

セキレイの王である星蘭。まだ知り合ったばかりだが、すでにエリスとアリアは彼の聡明《そうめい》さを信頼していた。

「確かに。随分と若い王様だけど、しっかりしてた。見た目的にはエルフィと同い年くらいかなあ？」

「そうですね……お間抜けな私より、ずっとしっかりした子でした……」

エリスはまだ、店での出来事を引きずっている。

恥ずかしがり屋の友人に苦笑し、アリアは話を切り替えた。

「若いといえば、エリス。一つ、気になることがあるんだけど」

「なんでしょう？」

「なんだか、この都市の人ってみんな若くない？」

そう言われて、エリスはあたりを見回した。

通りを歩くのは、アリアたちとそう歳の変わらない二十歳前後の人や子どもばかりだ。

人通りが多いにもかかわらず、最も年を取っていそうな人さえ、三十路《みそじ》に差しかかるかな？　といった具合である。

「……というか、おじいさんやおばあさんの姿を見かけませんね。ほとんど見かけないとかではなく、まったく」

「うん。どういうことだろう？」

偶然にしても妙な話だ。

「どうやら、違和感に気付いたようだね。アリアさん、エリスさん！」

首を傾げる二人に、どこからともなく軽快な声がかかった。

「……誰!?」

「フフ……こっちだよ」

怪しげな笑い声をこぼして声の主が呼びかける。しかし人が多いこともあり、その姿は見つからない。

「ようこそ二人とも、呪われた大地セキレイへ。僕の名前は黒星《ヘイシン》。君たちの来訪を歓迎するよ」

困惑するアリアたちを置き去りに、謎の声は朗々《ろうろう》と続ける。

「君たちが気付いた通り、このセキレイは歪んでいる。若人《わこうど》しかいないこの紅玉山を見れば明らかだ。では、どうしてそんなことに？　それはね――」

「ぶつぶつと口ばっか動かしてんじゃねえぞ!!」

「痛ぁっ!?」

ゴツンッと何かを叩く音があたりに響いた。それと同時に、アリアはようやく声の出所を特定する。

通りの脇に停《と》まっている小さな屋台車――その陰に隠れていた少年が、親方らしき男性に頭を殴られたのだ。右目が隠れた黒髪の少年は、ハチマキを巻いた頭をさすって涙目になっている。

年齢は、アリアよりやや下のようだ。星蘭同様、どこかあどけなさが残る顔立ちである。

「な、何するんですか、親方ぁ……」

「訳の分からないことをぶつくさと……頭のネジが緩んでるようだから、直してやったんだよ」

呆然とするアリアたちを差し置いて、少年が親方に文句を言う。

「もっと優しく直してくださいよ。僕は褒められて伸びるタイプなんです!!」

「うるせえ!!　無銭飲食《むせんいんしょく》が都合のいいこと言ってんじゃねえぞ!!」

「うぅ……お金は持ってたんですよ。隣にいた人に財布《さいふ》さえ盗《ぬす》まれなければ……」

どうやら黒星は無銭飲食を咎《とが》められ、その代価として労働しているようだ。

「それが気の毒だから、こうして温情をかけてやってんだろ。食べた分、きっちり働いて返せよ」

「はーい、親方ぁ……」

「返事は伸ばすな！　はっきりしろ!!」

「は、はい！　親方!!」

「えっと……なんでしょうねあれは……」

二人のやり取りを見て、エリスは困惑した。

「分からない。怪しい人かと思ったけど……なんだか随分と間が抜けてそうだし」

最初こそ警戒したものの……先ほどまでの怪しさとは似合わぬやり取りに、アリアも毒気を抜かれた。

「と、とりあえず宿に向かいましょうか」

「うん。多分さっきのは、年頃の男の子によくある思い出すと恥ずかしくなっちゃうやつ。多分、俺だけの特別な力に目覚めて～みたいなのがやりたかったんじゃないかな」

「ち、違うよぉ、アリアさん！　真剣な話なんだよぉ!!」

「こら!!　通行人に絡むな!!」

再び親方に頭をどつかれる黒星。

アリアとエリスはこれ以上仕事を邪魔しないよう、そっとこの場を離れようとした。

「ま、待って！　あっ、いや待たなくてもいいから、今夜九時にこの屋台車の前に来て!!　ちょうど仕事が終わる時間だから!!　夕飯もごちそうするし、絶対だよ!!」

なんだか妙なことになったなと思いつつ、二人はその場を後にした。


すっかり月が昇《のぼ》った頃、アリアたちは約束通り屋台車にやってきた。

屋台の前ではハチマキを締めた黒星が待ち受けている。

「ラーメンは奥が深い。出汁《だし》一つとっても、選択肢は無限にあり、引き出される味は様々だ。無数の試みを経て、たくさんの店がオリジナルの一品を生み出している。醤油、塩、味噌《みそ》……味が同じと言っても、まったく同じラーメンなどこの世界に存在しない……まるで、人間のようだと思わない？」

長々と話す黒星に、エリスはジト目になった。

「あの……何を言ってるんですか？」

「僕が作った黒豚骨《くろとんこつ》ラーメンだ。どうか味わってほしい」

二人の前にゴトッと器が置かれた。夕食をごちそうする……という話は本当だったらしい。

「美味しそう……」

怪しんでいるエリスに対して、アリアは目の前の料理に目を奪われる。

「前にレヴィンから聞いたことがある。何度挑戦しても再現できなかったセキレイのソウルフード……ラーメン。その真髄《しんずい》を理解するために、いつかセキレイ中のラーメンを食べ歩きたいと言ってた」

「料理好きなレヴィンさんが、そんなにこだわるグルメですか？　それは……気になるような……」

豊潤《ほうじゅん》な豚骨の香りに誘われて、二人がレンゲを手に取った。慎重にスープを口にする。

「「美味しい!!」」

それから程なくして、二人はすっかりラーメンを完食。スープまで飲み干してしまった。

手作りのラーメンを褒められ、嬉しそうな黒星が話を切り出す。

「いやあ、まさか二人が本当に来てくれるなんてね！」

「あなたが気になることを言っていたから」

「まず、どうして私たちの名前を知っているんですか？」

「ああ、まずはそこからか……」

アリアとエリスに問われ、黒星は眉《まゆ》を八の字にする。

「実は君たちの名前が分かったのは、なんとなくなんだ」

「なんとなく？」

アリアが訝しむ。あまりに突拍子《とっぴょうし》がない理由だ。

「僕、記憶喪失ってやつなんだよね。かろうじて自分の名前は覚えていたけど、どこで生まれたのか、どこから来たのか、以前の僕は何をやっていたのか……自らにまつわる記憶が何もないんだ」

「どう、エリス？」

「凄く怪しいですね」

二人がひそひそと言葉を交わす。

黒星が申し訳なさそうに肩をすくめた。

「まあ、信じられないのも仕方がないよ。変な話だよね……証明さえできないし」

「……一度、この件は保留にします。セキレイが呪われた大地であるというお話の続きを聞かせてもらえますか？」

「もちろん。君たちは昼間、町の様子がおかしいことに気付いたよね」

アリアが記憶の糸をたぐり寄せ、頷く。

「うん。それで思い出したんだけど……昨日、紅霞城に避難していた町の人たちも、若い人ばかりだった」

「そう、それがこの国の呪いだ。西に住む人たちは生まれつき身体が弱い。三十歳過ぎまで生きられれば長生きな部類でね。僕の知る限り、西の民で四十歳の誕生日を迎えられた人はいない」

「そんな……」

例外なく早世《そうせい》する呪い……エリスが言葉を失う。

額に手を当て、アリアが尋ねた。

「でも、どうしてそんなことに？」

「セキレイの北には赤い大地があってね。あそこに呪いの大元、終末の獣が眠っているんだ。この国では誰もが知っている話だ。約千年前、北の大地に終末の獣が現れ、眠りについた。そいつは今もなお、このセキレイの大地と人を汚染《おせん》している。呪いは霊脈を通じてセキレイの西……すなわちここ、紅玉山から瘴気となって噴出する。西のみんなが短命なのはそのせいだ」

「そんな危険な場所なら、どうしてここに住んでいるんですか？　どこか別の場所に逃げた方が――」

「逆だよ。西の民は極めて優れた魔力量を誇る。そんな彼らがあえてここで生活を営《いとな》むことで、紅玉山の瘴気の流出を抑えているんだ。本来であればセキレイの呪いは人が耐えられないほどのものなのに、ここまで効力が弱められているのは、西で暮らす人々が尽力しているおかげだよ。その役目があるから、彼らはここから離れられないのさ……」

定期的に発生する火山災害。そのことを考えたら、紅玉山に住み続けるという選択はかなりの無茶だ。

ところが、星蘭は「僕たちがここに住み続けなければセキレイの民は滅ぶ」と言った。

黒星の証言は、星蘭の言葉の裏付けになる。

「あなたのことはまだ知ったばかりだけど、星蘭は信用できる」

「僕だって、この話では絶対嘘《うそ》をつかないよ。この国を呪いから救いたいという思いも、本心なんだ」

そう語る黒星の表情は真剣そのものだ。昼間親方に怒られていた時のような、ふざけた雰囲気は欠片もない。

「僕は記憶がない。だけど、どうしても忘れられないことがある……汚染される前の北の大地の光景だよ」

その言葉を聞いて、アリアとエリスは首を傾げた。

二人の様子に、黒星は苦笑する。

「変だよね。千年前の光景をどうして覚えているんだろうって、僕も思った。でも、あそこには呪いに怯えることなく健《すこ》やかに暮らす人々がいたはずなんだ——」

そう語る黒星はとてももどかしげだ。

大切な記憶のはずなのに、どうしても思い出すことができない。その苦悩が窺えた。

(千年前のことを覚えている？　事情は分かりませんが、これまでの話が全て本当だとしたら……もしかしたら、この子はただの人間ではないのかもしれません)

セキレイの地に暮らす妖怪をはじめ、魔獣の中には数百年生きるものがいる。とはいえ、黒星が魔獣であるとは言い切れないだろうが……

そんな推察を胸に秘め、エリスは話の続きを待つ。

「僕は家族の顔だって覚えていない。とても大切な存在だったことしか分からなくて、顔も、兄弟がいたのかも……でも、間違いなく家族と一緒にこの国に住んでいたはずなんだ！　とてもかけがえのない時間を過ごしたんだよ。それだけは確信がある」

具体的なエピソードは何一つ思い出せないが、感情だけは残っている。それをよすがに黒星は生きていた。

「二人とも察しているかもしれないけど、僕は見た目通りの年齢じゃなくてね。かなり長いこと、セキレイを見てきたんだ。ただの人間であるとはとても言えないけど……ずっとこの国を救いたいって思って動いてきた。記憶がないのに君たちのことが分かったのは、きっと運命のようなものなんだ」

「確か、北の大地にいる終末の獣が呪いをもたらしてるんだよね。それを倒すわけにはいかないの？」

アリアが尋ねると、黒星は首を横に振った。

「無論、それを試した人は何人もいたよ。歴代の星王の中には、国を挙げて討伐に赴《おもむ》いた人物だっている……だけど、誰もが目的を果たせずに命を落とした」

セキレイは千年近くこの状況に置かれているため、無数の猛者《もさ》が打倒終末の獣に名乗りを上げた。だが、今に至るまで呪いが解決できていないという事実は、その存在がいかに強大かを表している。

「黒星くんのことを、全て信じたわけではありませんが……私たちにできることはないでしょうか？」

「……呪いは君たちには関係のないことだけど、そう思ってくれるの？」

黒星が驚いたように尋ね返す。アリアとエリスに自分の事情やセキレイの状況を伝え、あわよくば終末の獣退治に力を借りようと考えていた彼だが、本当に協力してもらえるとは思っていなかったのだ。

「私もエリスもここに来たばかりだけど……でも、私たちの知らないところで、誰かがずっと呪いに苦しめられてたなんて……なんだか胸が苦しくなる」

アリアの言葉に、エリスがしきりに頷く。

《暗黒騎士《ダークナイト》》である彼女は高い戦闘能力を発揮するたびに、代償として寿命が擦り減っていく。レヴィンと出会い、その仲間たちの力を借りて今ではほとんど克服したものの……呪いに苦しむ人の気持ちは、人一倍理解できた。

アリアも大切な人と望むように生きられない悲しみには覚えがある。

セキレイの事情を知った以上、当初の目的だけを済ませてこの国を去る選択肢など二人にはない。

「やっぱり、君たちに話をしてよかったよ。正直、この呪いを解決する方法は、僕にも想像が付かない。一応、考えていることはあるんだけど……いつかこの国の人が終末の獣を倒そうとまた立ち上がったら、二人の力をきっと借りるね」

夜が更けてきたため、アリアたちは黒星と別れることになった。

はたして彼の語ったことは真実なのか……二人は、セキレイについてさらに知りたいと思うようになっていた。

◆　◆　◆

カエデさんの屋敷に滞在しつつ、月の氏族の人たちと交流を続けること数日。

セキレイ突入で消耗したエルフィとスピカはもはや万全だ。この何日かで俺――レヴィンは集落のみんなに話を聞き、妖怪の出現しやすい地域とそれを迂回《うかい》する道を教えてもらった。

これなら西を目指して飛んでいけるだろう。

そんなある日の夜。俺はカエデさんに呼び出され、彼女の私室を訪れていた。

「カエデさん、いる？」

カエデさんの部屋の前に立ち、ふすまを叩いて声をかける。すると……

「何やつ!!」

背後に誰かの気配を感じた瞬間、俺の首筋に冷たいものが押し当てられた。

これは……刀!?　俺は両手を上げ、慌てて叫ぶ。

「お、俺だよ！　レヴィン！」

「レ、レヴィンさん？　これは失礼しました……!!　てっきり不逞《ふてい》の輩が、強く美しいカエデ様に夜這《よば》いを仕掛けに来たものかと……」

カエデさんの側近、ミユキさんを勘違いさせてしまったようだ。俺は事情を伝える。

ミユキさんによると、カエデさんは湯浴《ゆあ》みの最中らしい。戻るまでしばらく時間がかかるそうだ。

一度客室に帰ろうとした俺だったが、なんとカエデさんの部屋に通されてしまう。

勝手に中に入ってたら、カエデさんだって驚くんじゃ……ミユキさんの判断を信じるしかない。

俺を部屋に通した本人はすぐに去ってしまったが。

どうにも手持ち無沙汰《ぶさた》だ。失礼だとは思いつつ、なんとなく部屋を見回してしまう。

セキレイ東部の独特の様式……和室にも慣れてきた。カエデさんの自室は質素なもので、折りたたまれた寝具と、座卓《ざたく》と呼ばれるローテーブルが置かれている。

ふと、テーブルの上にあるものに目が留まった。

「なんだろう、あれ？」

いくつかのペンと数枚の紙が見える。

「手紙でも書いてたのかな」

不意に窓から風が入り、テーブルの上の紙が落ちてしまう。

思わず拾い上げた俺は、その内容に目を見張った。

「えっと、これは……マンガ？」

しかも、描かれているキャラクターに見覚えがある。竜大陸で一大ブームを巻き起こしている『春に唄う』の主人公とヒーローだ。

対立する国に生まれた二人の恋愛を描いた作品だが……俺が拾ったページには、主人公――姫が王子の身分を知ってしまう衝撃的なシーンが描かれている。

自分を騙《だま》していたのかと詰め寄る姫も、悲しそうな表情を浮かべている王子も……ろくに内容を知らない俺でもグッとくるほど上手い絵だ。

ページの下部はまだ薄い線しか引かれていないが、なかなか胸に迫る。

「マンガの……原稿か？　どうしてここに――」

「あああああああああああ!?　ど、どうしてレヴィン殿が原稿を……!?」

カエデさんの慌てふためく声が、俺の疑問を遮った。

「も、もしかしてしまうのを忘れてた!?　なんで……私の馬鹿馬鹿馬鹿!!」

俺から原稿を取り上げた彼女は、急いでテーブルの上を片付ける……まいったな。がっつり見て

しまったので、手遅れ感が強い。

「コホン……レヴィン殿、今見たことは忘れてくれたまえ。今見たのは、そうだな。えーっと……

うん。妖怪が使う妖術《ようじゅつ》のようなものだ。いいね？」

「えっと……」

いつもの威厳《いげん》ある口調に戻ったカエデさんが、赤面しつつ告げる。

……妖術で片付けるのはさすがに無理があると思う。

「や、やっぱりダメだよね……忘れられないよね？　はぁ……」

カエデさんがため息をついた。

「白状するね……実は私、マンガを描いてるんだ。あっ、マンガっていうのは――」

カエデさんによると、セキレイではマンガ文化が古くから親しまれていたそうだ。それに特化した印刷技術もあるのだという。

趣味でこっそりマンガを描いていた彼女はある時、出版社が主催《しゅさい》するマンガコンテストに応募した。そこで大賞を取り、見事プロデビューを果たしたらしい。

『春に唄う』はその時の作品で、デビュー作だそうだ。

……カエデさんがエルフィの熱中するマンガの作者だったとは。

今の慌てようから察するに、この事実は彼女にとって重大な秘密みたいだ。

「おかしいよね？　鬼人族のリーダーがこんなの描いてるなんて」

「別にそんなことはないと思うけど」

「おかしいんだよ!!　この秘密がバレたら、みんなに女々《めめ》しい恋愛マンガ家だって笑われちゃう!!　最近は妖怪が凶暴化してきて、私がみんなを守らないといけないのに……しっかりとしたリーダーでなきゃいけないのに……」

　さっきからカエデさんの口調が可愛らしくなっている。

　普段の威厳ある女傑《じょけつ》としての様子は、一族のリーダーとして重責を背負う、彼女の仮面だったようだ。

　事実、月の氏族の人たちはその強さに憧《あこが》れ、心の底から慕っているようだし……上手く機能しているのだろう。

　だからカエデさんはみんなを率いる強いリーダーとして、なんとしてもこの秘密を隠しておきたかった……とのことらしい。

「事情は分かった。隠しておきたい秘密なら、誰にも言わないよ」

「ほ、本当!?」

「うん。カエデさんには世話になってるし」

「あ、ありがとう、レヴィン殿!!　このご恩にどうやって報いれば……」

「そんな、大げさな……それよりも、頼み事って?」

　カエデさんの秘密はこのまま胸にしまっておこう。大事なのは俺が呼び出された用件だ。

　そろそろ西側に発《た》ちたいことを考えると、可能であれば短期間で終わる依頼だとありがたい。

「う、うむ。そうだったな。すっかり失念していた」

「ああ……いつもの調子で話すんだな」

すっかり素《す》が出ていたけど……あくまで、月の氏族の当主としての立場を押し通したいのか。

「実は、レヴィン殿にとある場所で交易《こうえき》を手伝ってほしいのだ。君たちにしか頼めなくてな」

「交易……？　場所は？」

居候《いそうろう》させてくれているカエデさんの願いだ。もちろん、引き受けるつもりだが……俺たちにしか頼めないとは、どういうことだ？

「町の名前は黒渓城塞《ヘイシーじょうさい》。このセキレイで唯一、妖怪が統治する都市なんだ」

第三章

セキレイは中央にある大峡谷によって、西と東が分断されている。

今回の目的地は、東西を結ぶ唯一の連絡路を管理する都市――黒渓城塞だ。

そこには雪女のゆいさんやガシャドクロのれっどらのように、理性を持った善良な妖怪たちが住んでいる。

カエデさんから依頼を聞いた翌々日。

俺はエルフィとスピカ、エスメレとその町に向かっていた。

依頼の内容は、「月の氏族の集落から黒渓城塞まで荷物を運んでほしい」というもの。

普段はカエデさんが行くそうだが、集落が妖怪に襲撃されたばかりだ。長時間村を離れることが難しく、かわりに腕が立ち、荷物を安全に届けられそうな俺たちにお願いした……といった経緯らしい。

「ここまでありがとう、スピカ。疲れてないか？」

「だ、大丈夫です。これぐらい」

道中は竜に変身したスピカが荷車を引いてくれていた。

俺とエルフィが手伝いを申し出たものの、スピカに「全部任せてほしい」と言われてしまったため、お願いしたのだ。

「ねえ、ママ。黒渓城塞って、美味しいものいっぱいあるかな⁉　食べ歩きしたい。食べ歩き！」

「観光に来たわけじゃないんだけどな……とはいえ、向こうに着く頃には昼時だ。町を歩いて情報を集めながら、いい店を探してもいいかもな」

黒渓城塞にはセキレイ全土の情報が集まってくるという。もしかしたら、はぐれてしまったアリアたちのことが何か分かるかもしれない。

毒の花についても手がかりが欲しいし……大峡谷が近づくにつれて、期待は高まるばかりだ。

「おお、もしかして、レヴィンちゃんの奢《おご》りかな⁉」

思索にふけっていると、白星が目を輝かせて聞いてきた。隣にいたゆいさんが俺の肩を叩く。

「それならいい店を知ってるわよ。最下層にあるんだけど……」

「おお。あの酒場か。あそこの酒は骨に沁《し》みるんだよなあ」

「……あんたっていつも自分にお酒かけてるけど、本当に味わってるの？」

れっどらも会話に交ざり、わいわいと騒いでいる。

この三人も黒渓城塞に用があるそうだ。ここまで一緒に楽しく歩いてきた。

「いやあ……それにしてもお嬢ちゃん、本当に神竜になれるのか。てっきり、伝説上の存在だと思っていたぜ。真っ赤な鱗《うろこ》でかっこいいじゃねえか！」

「ほ、本当ですか？」

外見を褒められて、スピカが嬉しそうにする。

「ああ。男はやっぱり赤に限るぜ。久しぶりに、俺も身体……もとい、車体を塗り直さねえとなー」

それにしてもれっどらは不思議な妖怪だ。

上半身は人の骸骨で、下半身は見たことがない乗り物（？）になっている。「車体」と言うからには、本当に乗り物なのだろうが……どういう身体構造なんだ？

町に詳しいというゆいさんの案内で、俺たちは黒渓城塞に入った。


「なんか、凄い町だな……」

一言で表すと、雑多な町並みだ。

黒渓城塞は大峡谷にかかる巨大な橋の上にできた町だと聞いていたが……どうやら橋の上に街を作ったあとに、無計画に下へ下へと建物を足していった歴史があるらしい。実際に見てみると町全体が複雑な多層構造になっており、もはや迷宮と化している。

橋全体をドームが覆い、陽の光がほとんど差さないが、色鮮やかな灯りが各所で煌々《こうこう》と光っており、なかなか味がある光景だ。

とんでもない建築技術だな。一体、どうやって建てたんだろう。

周囲の様子に見惚れていると、れっどらがにやりと笑った。

「気を付けろよ、レヴィンとお嬢ちゃんたち。ここは、クスリと人身売買以外はなんでもありな町だからな」

「冗談はやめなさい。そりゃあ、喧嘩《けんか》は日常茶飯事《にちじょうさはんじ》だけど……レヴィンさんたちは迷子にならないでね。道に迷ったら、一生出られないって言われてるから」

「……ゆいさん、それも冗談だよな？」

確かに町並みは入り組んでいて、迷いそうな雰囲気ではあるが。

「絶対に私たちから離れないでね」

冗談じゃなさそうだ……

俺たちは怖々と二人の後をついていく。やがて、橋の中央にある円柱の建物に辿り着いた。

「ここは？」

「昇降機よ。最下層に降りて、先にご飯を済ませちゃいましょ。レヴィンさんの取引相手、このくらいは待ってくれる人だから」

どうやら届け先と親交が深いようだ。

俺たちが建物に入ると、ゆいさんは慣れた様子で片隅にある端末を操作した。

しばらく待つとゴオッという音が聞こえ、謎の浮遊感に襲われる。

「建物そのものが昇降機になってるのか!? ど、どうなっているんだ……」

昇降機はクローニアのエメラルドタワーなどにも使われている技術だ。だが、ここまで大がかりなものは見たことがない。

最下層フロアにやってきた俺たちは、ゆいさんおすすめの店で腹ごしらえを済ませた。いよいよ取引先に向かう。

目的地は最下層フロアから少し上がったフロアにあった。

「はい、ここがセキレイの誇る最先端の魔導具工場よ」

半球状の建物の前に立ち、ゆいさんが紹介する。

「魔導具の工場なのか?」

「そ。主な従業員は妖怪と東の民ね。どっちも長生きだから時間がかかる研究もお手の物ってわけ。私はここの研究員で、東の人間にも妖怪にも助手が何人かいるわ。れっどらはその筆頭みたいなものね」

ゆいさんは魔導具にかなり詳しいみたいだが、なるほどここの研究員というのは天職だろう。

それにしても、セキレイは魔獣と人間がかなり共存しているようだ。《聖獣使い《ホーリーテイマー》》として、なんだかうれしくなってしまう。

「ちなみに、俺はお嬢の研究の実験台としても駆り出されるぜ。妖怪も鬼人も身体が頑丈だからな！　どんな実験をしても簡単には死なないし、高額な報酬目当ての志願者が後を絶たないんだぜ」

れっどらは随分と陽気《ようき》に説明するが、笑っていいのか微妙な情報だ。

こうして施設の紹介を聞きながら、俺たちは工場に入った。

「戻ったわよ、はやて」

「おう。よく来たな、ゆい。れっどらもご苦労」

入ってすぐ、犬の頭をした大男が待っていた。

彼も妖怪なのだろうか。着物を身に纏って、ずいぶんと粋《いき》な出で立ちだ。

俺は自己紹介をし、ついでエルフィ、スピカ、エスメレにも挨拶をさせる。

「ママ、わんちゃんだよ。かっこいい……」

「こら、失礼なことを言うんじゃない」

初対面の人をわんちゃん呼ばわりするのはダメだろう。

「ハハッ。怒らずともいいんだ、レヴィンくん。気にしてないよ。神竜のお嬢さんたちもよく来てくれたね。あとで私が開発したとっておきのおもちゃをプレゼントしよう」

「わーい」

エルフィが手を上げて喜ぶ。

犬頭の男性は、はやてさんと言うそうだ。

「どうしてエルフィが神竜だと分かったんですか？」

ここまで荷車を引いてきたスピカはともかく、今のエルフィは人の姿だ。

先ほど名前を紹介した時も、特に触れていないし……

「ふふ。これでも随分と長生きでね。何かと物知りってだけさ」

なるほど……経験知ということか。長生きということは、神竜がいた時代を知っているのかもしれない。

「さて、カエデの代わりに来てくれたんだろう？　話は聞いているよ。ここまでありがとう。あとはこちらで手配するから心配しないでくれ」

「随分話が早いですね」

「何、いつものことだからね。カエデはセキレイの東側でしか採れない素材を届けてくれるんだ。私たちはそれを加工し、西に送っている。もちろん、西の名産を東に運ぶこともあるよ。黒渓城塞で暮らす我々だからこそできる商売だ」

妖怪が東の民と西の民の間に立ち、物品を融通《ゆうずう》しているのか……

「話は終わったみたいだね。それじゃ、私の番だ。やっほー、はやてちゃん！　相変わらず見事な毛並みだねえ」

「おお、白星じゃないか。久しぶりだね。五十年ぶりぐらいかな」

ごっ、五十年!?　俺たちが固まる中、白星ははやてさんの顎を撫でながら、笑みを浮かべる。

「そうだね～。今回は随分と時間がかかっちゃったけど、研究成果はかなり有用だと思うよ。ずばばばばっ！　しゅごーん!!　って感じだからね」

「ハハハ。相変わらず、意味が分からないな。あとで報告書を読ませてもらうよ」

はやてさんと楽しそうに盛り上がっているが……

「あなた、社長を知ってたの⁉」

「白星って見た目通りの年齢じゃなかったのか⁉」

ゆいさんと俺の声が揃った。

「そうだよ～。というか、ここの工場の研究もちょっと手伝っているんだよね。はやてちゃんとは、それはそれは長い付き合いなのさ！」

先に言ってくれ！　そうなると……出会ったばかりの頃に、スピカが神竜だと見抜いたのもはやてさんと同じ理屈なのだろうか。

「えっ、同業者だったの……」

ゆいさんがなんともいえない顔をしている。

「そうだ、はやてちゃん。ゆいちゃんってかなり優秀だよね。私の助手にしてもいい？」

「うんうん。いいぞいいぞ」

「何を勝手に決めてるのよ……」

突っ込むゆいさんに白星が近寄った。

「実は……とっておきのプロジェクトがあるんだけどね？」

何やら耳打ちしていると……次第にゆいさんの顔つきが変わる。

「えっ、嘘？　それ本当なの？」

「ホント、ホント。だから、ゆいちゃんが助手になってくれるとお姉さんは嬉しいな～」

「なるなる。なるわ!!」

一瞬でゆいさんが手懐《てなず》けられてしまった。

ゆいさんが心惹かれるほど凄い計画か……毒の花探しやセキレイの問題をなんとか解決できたら、竜大陸にも一枚噛ませてもらえないだろうか。

「さて二人とも。内緒話はお終いにしてね。実はレヴィンくんに会わせたい人がいるんだ」

「え、俺にですか？」

はやてさんがそう言うので、俺は首を傾げた。

すぐに聞き慣れた声が聞こえてくる。

「レヴィン！」

俺の背中に飛びついてきたのは、セキレイ突入時にはぐれてしまったアリアだった。

「よかった。レヴィン、生きてた……!!」

人目も憚《はばか》らずアリアがしがみついてくる。周りの人が微笑ましそうに見ているので、かなり気恥ずかしい……

だけど、俺も嬉しい。情報が聞ければ御《おん》の字《じ》だと思っていたが、こうして再会できるなんて。

なんでも、はやてさんは「二人の女の子を連れ、赤い服を着た異邦人《いほうじん》」を捜しているアリアとエリスに偶然出会ったらしい。

そしてカエデさんから来た手紙に「外の国から来た客人たちが荷物を届けに行く」と書かれてい

たことを思い出し、ピンと来たそうだ。

ここ半年ほど、セキレイは嵐の壁のせいで他国からの入国者がほとんどいなかったらしい。もしや……と思ったのだそうだが、おかげで助かった。

遅れて駆けつけたエリスも一緒に、無事を喜び合う。

「とりあえず、二人とも元気そうでよかったよ。心配だったんだ」

「それはこちらも同じです。アリアなんて、レヴィンさんを案じるあまり――」

「エ、エリス、余計なことを言っちゃダメ！　じゃないと、私もあなたの舞について――」

「分かりました！　お互いに黙っていましょう!!」

「……本当に何があったんだ？」

なんだか気になるが……二人とも視線を逸らしたり、口笛を吹いたり（下手くそで吹けていない）してごまかす。

ともかく、二人と再会できてよかった。

俺たちは、はやてさんの気遣いで別室に通され、互いに情報を交換するのであった。


「――なるほど。毒の花は情報をくれた人がいて、その調査待ちなんだな……ちなみに、こっちは万能工作機を見つけたぞ。竜大陸に借りる交渉だって、カエデさんと成立済みだ。ふふん」

俺の報告に、アリアは対抗心を持ったらしい。

「ぐぅ……で、でも、私たちだって紅玉山を救ったんだから。セキレイの王様――星蘭とも知り合ったし、私たちの方が働いたもん」

酷く低レベルな争いをしていると、エリスが呆れたように口をはさむ。

「えっと……それよりも今はセキレイに関する呪い、そして終末の獣の話をしませんか？」

その言葉で我に返る。アリアが頬を赤くし、咳払いをした。

「東に住んでいる人たちにも呪いがあったんだね」

「まあな。西の民の寿命が短くなる呪いと、鬼人族の生命力を奪う呪い……そのせいで東西の人たちは一緒に暮らせないんだな」

エルウィンやクローニアとはまったく異なる文化を持つ、神秘の国セキレイ。

そこには深刻な呪いが存在していた。

「第一優先は毒の花を見つけてカトリーヌさんに届けることだ。だけどそれが片付いたら、セキレイのためにできることを探したいと考えている」

何百年もこのセキレイを蝕《むしば》んできた呪いを、俺たちがどうにかできるとは思えないが……それでも、だ。

カエデさんや白星の口ぶりからすると、北に眠る終末の獣はじきに目覚める。

セキレイは決戦の時を迎えるだろう。この国で暮らすみんなに助けられておいて、俺たちだけ竜大陸に戻るというのはとても不義理だ。

「そうだね。用事だけ済ませてそのまま帰るのは薄情《はくじょう》……それに私、なんだかあれを放っておけなくて。理由は分からないんだけど」

終末の獣がいるという北の方角を見ていると、なんだか焦燥感が湧いてくる。

なぜかアリアも同じように感じているようだ。

「シンくんも呪いを解決したいと言っていましたし、ぜひ協力したいですね」

「シン……？」

どうして白星の名がここで出てくるんだ？　特にエリスたちと話しているそぶりはなかったが……

「あっ、レヴィンさんに説明していませんでしたね。シンくんは私たちが出会った男の子なんです。本名は黒星と言うそうなんですが、『仲良くなったんだから、シンって渾名《あだな》で呼んでほしい』って言われていて……呪いについても彼が教えてくれたんですよ」

俺の知る少女、白星と、アリアたちが出会った少年、黒星。二人とも、シンという愛称を持ち、終末の獣をどうにかしようとしているらしい。

偶然と言うには符合《ふごう》する点が多く、なんだか無関係とは思えない。白星は記憶喪失だと言っていたし、まさか血縁者だろうか？

「レヴィン、どうしたの？　黙り込んで」

「体調が優れないのですか……？」

アリアたちにも意見を聞いてみよう。

俺はここまで一緒に来たシン――白星の話を共有する。

「えっと……どういうことなんでしょう？」

「私たちが出会った黒星も記憶を失くしているし、長生き。どうして……」

エリスもアリアも頭を抱えている。

「セキレイの人の呪いを解きたいという思いは本物だと思う。もしかしたら、二人の過去は繋がっているのかもしれないな……念のため、注意しておこう」

俺が提案すると、アリアたちは頷いた。

白星に直接確認できたらよかったのだが……彼女はゆいさんとれっどらと一緒に、「とっておきのプロジェクト」とやらに向かってしまっていた。

「そうだ。二人とも、このあとはどうするんだ？　俺とエルフィたちは、一度世話になってる人のところに戻らないといけないんだが……」

「私たちも同じ。星蘭に今日受け取ったものを届けないと」

アリアたちはお使いでこの町に来たらしい。

しかし、そうなると少し困ったことになるな。

「これからどうやって連絡を取るか……」

またしても別行動になるわけだが、転移門が使えない状況では合流も連絡も難しい。

できれば互いの状況は常に共有できるようにしておきたいが……はやてさんに事情を話して、ここを待ち合わせ場所にさせてもらうか？

「はいはーい！　それなら僕にいい考えがあるよ」

「うおっ⁉　エスメレ、どうしたんだ？」

突然現れたエスメレが俺の肩に駆け上った。

俺とアリア、エリスが話している間、はやてさんはエルフィとスピカ、エスメレに工場を見学させてくれた。

どうやらそれが終わり、エルフィたちと一緒に戻ってきたらしい。

「【念話】を使えばいいんだよ」

「ね、【念話】？」

「そう！　僕たちカーバンクルは魔力を通じて、仲間に心の声を届けることができるんだ」

「へぇ〜、そうだったのか……でも、それってカーバンクルがもう一人いないと使えなくないか？」

確かに問題は解決しそうだが、俺の相棒にはエスメレしかカーバンクルがいない。

どうしようもないのでは？

「ふふん。実は僕ら以外にも、【念話】を使える種族がいるんだよ」

「そうなのか？」

「うん。神竜族ならメッセージを送ってお話しすることができるはずだよ」

びしっとエスメレがエルフィとスピカを指差す。

「えっと、そんな能力聞いたことないけど」

「私もですので」

エルフィたちの答えを聞き、エスメレが頬を膨らませた。

「むう。君たちだって、昔はその能力を使ってたんだよ!!　二人の場合は退化して、受信限定になっちゃってるっぽいけど。僕がアリアちゃんについていけば、ご主人様たちに伝言を届けることができるってわけ」

そういえば……竜大陸にいる時、なぜか頭の中にリントヴルムの声が聞こえてくることがあった。

神竜の特殊能力だろうと気にしていなかったが……あれは【念話】だったのか。

「とりあえず、エルフィたちがいれば連絡をもらえるってことか。助かるよ」

「ええ、エスメレさん、さまさまですね」

俺とエリスの言葉に、エスメレは得意そうだ。

「でしょ、もっと褒めてよ」

「よしよし」

アリアがエスメレを撫でると、エルフィとスピカが続いた。

「エスメレ、もふもふ……ずっと撫でてみたいと思ってた」

「じ、実は私もです……」

労《ねぎら》うというよりは愛玩《あいがん》している感じだが……エスメレが満足げなのでいいだろう。

アリアたちと別れ、俺とエルフィ、スピカは月の氏族の集落に戻ってきた。

はやてさんから預かった品物を、今度はカエデさんに届けるためだ。

「レ、レヴィンさん。荷車は倉庫の方に運んでおきましたので」

ちらちらと俺の顔を窺いながら、スピカが教えてくれる。

「今回はスピカのおかげで本当に助かったよ。ありがとう」

「ほ、本当ですか⁉」

不安げなスピカの表情がぱっと明るくなった。

魔族に従わされていた時は、頼まれ事をこなして褒められたことなんてなかったんだろう。

俺はちゃんと感謝を伝えるように心がけている。

「長旅で疲れたね、ママ」

「エルフィはずっと荷車でのんびりしてただけだけどな」

「むっ。ママも一緒にくつろいでたのに」

荷物は相当量あり、俺では押して手伝うことくらいしかできない。

ほとんどスピカに任せっぱなしで、本当に頼りきりだった。

「それに、私だって荷車を引けた。今回はスピカに花を持たせただけ」

なかなか凝った言い回しで、エルフィがムスッとする。

「エ、エルフィちゃんは悪くないので。こういった力仕事は新参者の務めですので」

「そんなに気負わないでくれって」

とはいえ、本人がやる気満々なので好きにさせておこう。

俺たちが倉庫に行くと、カエデさんが荷物の確認をしていた。

「ご苦労だった、レヴィン殿。おかげで助かったよ」

「今回はスピカのおかげだよ。礼なら彼女に言ってあげてほしい」

「もちろんだ。神竜の二人にも礼を言う。そ、それと、レヴィン殿。例のその……えっとあれなんだけど……」

カエデさんの口調に素が交じる。彼女が言い淀《よど》んでいるのは、『春に唄う』の原稿についてだ。

黒渓城塞をまとめるはやてさんは魔導具工場の社長を務める傍《かたわ》ら、出版社も経営している。今回のお使いには原稿を届けることも含まれていた。

仕事を隠しているカエデさんのため、俺は小声で答える。

「とても面白かったって。また、連絡するみたいだ」

「よかった……没《ぼつ》になったらどうしようかと気が気じゃなくて」

マンガのことはよく分からないけど、ホッとしているようで何よりだ。

「レヴィン殿たちに運んできてもらったのは、西側の食材なんだ。呪いがある私たちでは野菜や家畜を育てることが難しいからな……栄養を偏《かたよ》らせないためには、こうして西から仕入れるしかない。本当に助かったよ」

「これぐらいお安い御用だよ。実は俺、料理が好きで……どんな食材を買ったのか、見てもいいか？」

折角だし、セキレイではどんな食材が扱われているのか知っておきたい。

「もちろん構わない。好きなだけ見ていってくれ」

カエデさんの許可を得て、早速、食材の中身を確認する。

中にあるのは色とりどりの野菜だ。どれもみずみずしく、見ているだけで気分が上がってくる。

「へぇ、キャベツにニンジン……エルウィンでも見る食材が多いんだな。トマトやジャガイモみたいな大陸南部の野菜まで揃ってる」

エルウィンではなかなか珍しいハクサイやダイコンまである。想像以上にセキレイは食材が豊かなんだな。

「セキレイは温暖な地域や寒冷地、乾燥地帯から降雨量が多い場所と土地に恵まれているんだ。どんな野菜でも、どこかしら生育に適した土地があるんだよ」

「ああ……なんて理想的な国なんだ」

竜大陸のようにいろいろな野菜を育てられるなんて……夢みたいだ。

料理をするうえで、バリエーション豊かな食材がいつでも手に入ることほど嬉しいことはない。

荷物を漁《あさ》っていると、とんでもないものを見つけてしまった。

「待て……これは胡椒《こしょう》……!?」

なんと、貴重な香辛料《こうしんりょう》――胡椒の実が大量に詰まった袋が無造作に置かれているのだ。

「うん？　外の国では珍しいのかな」

「珍しいなんてもんじゃないよ!!　凄く希少で金と同じくらいの価値があるんだ」

「き、金と……？　そんなにか」

「セキレイでは珍しくないのか？」

「そうだな。わりとよく見るメジャーな香辛料だ。国内でも栽培されているしな」

あの貴重な胡椒がメジャーだって？　なんとか苗を分けてもらって、竜大陸で育てられないだろうか……！

「セキレイは黄金の国と言っても過言ではないのでは!?」

「過言だと思うが……」

セキレイの食材の豊かさに感動していると、カエデさんを慕う鬼人族のサノスケさんが駆け寄ってきた。

「あーねごー!!　獲《と》ってきましたぜ!!」

「サノスケ、もう終わったのか」

どうやらカエデさんが何か頼んでいたようだ。魔獣の狩りとかか？

「はい!!　脂が乗った最高の多羅波《たらば》が獲れやした。今から夕食が楽しみッスね！」

「たらば……？」

聞いたことのない魔獣だ。サノスケさんのはしゃぎっぷりを見るに、相当な美味であることが窺える。

早速、興味が湧いてきた。

「解体はまだだな？　フッ、レヴィン殿も見ておくといい。なかなか圧巻だぞ」

カエデさんについていった先――集落の広場には縛り上げられた巨大な魔獣がいた。

「お、大蜘蛛だあああああ!?」

俺は思わず悲鳴を上げる。

長い八つの脚、そしてぶつぶつとした真っ黒な体表。セキレイにやってきた初日、俺たちを追ってきた個体とは異なるようだが……どう見ても蜘蛛だ！

なんだったら、あの時見た大蜘蛛よりさらに大きい。

「ま、まさかこれを食べるのか⁉」

昆虫食《こんちゅうしょく》という文化があることは知っている。

食の好みは人によってさまざまだ。とはいえ、俺には挑戦する覚悟がまだ……！

「ふははは‼　レヴィンの兄貴《あにき》、あれは蜘蛛なんかじゃねえッスよ」

大笑いするサノスケさんの言葉を、カエデさんが補足する。

「レヴィン殿、あれは多羅波と言って、カニの仲間だ。ゆい曰く、厳密には違うらしいが、肉厚《にくあつ》な身が特徴で、セキレイ人の間ではカニの王様と呼ばれている」

「カニ……？　あれが？」

言われてみれば似てない気がしないでもないような……だが、俺の知っているそれとは脚の本数からして違う。

カエデさんたち、俺をからかっているわけじゃないよな？

「カニ……カニ……確カニ？　いや、でも……」

なんだか頭が混乱してきた。

いろいろ聞いた今でさえ、食べるにはまだ覚悟がいりそうだ……

「ふむ。そんなに蜘蛛に見えるものなのだろうか」

「俺たちは昔から食べ慣れてるッスからね。じいさんたちの代までは大蜘蛛だって大騒ぎして、捨ててたらしいッスけど、もったいない話ッスよね」

「ほう、それは初耳だな。ではレヴィン殿の反応もあながち的外《まとはず》れというわけではないということか」

「わぁ……凄い!! カニだ!!」

俺が葛藤《かっとう》していると、エルフィとスピカがやってきた。

「ほ、本当ですね。美味しそうなので……」

どうやら二人はカニだと判断したらしい。未知の食材に対しても臆《おく》する様子がない。

「まあいい、レヴィン殿、食べてみれば分かることだ。今夜はこの多羅波を使ってカニ鍋を作るつもりだからな」

「カニ鍋……!? なんて美味しそうな響き……!!」

エルフィが目を輝かせた。

セキレイは鍋文化が盛《さか》んだと聞く。

あれが本当にカニならば、どれほど出汁が取れることか。さぞうまいものが出来上がるだろう。

集落総出でカニ鍋を作るとのことだったので、半信半疑になりつつ俺も鍋の味つけを手伝う。

カツオの削《けず》り節や昆布《こんぶ》に加え、先ほど運んできたハクサイやネギなどの野菜やセキレイ特有の食材を投入。続いて集落の戦士たちが解体したカニ(?)を持ってきた。こちらを殻《から》ごと入れ、鍋で煮ていくらしい。

「おお‼ うまそう‼」

出来上がった鍋を見て、俺は感嘆する。

すっかり煮込まれた多羅波は、美味しそうな真っ赤な色に変わっていた。

日が沈み、待ちに待った夕食の時間になった。俺たちは広場に集って豪勢な食事を楽しむ。

「ばあやたちとレヴィン殿のおかげで最高の鍋に仕上がった。酒もたっぷりあるので、存分に楽しもう。乾杯《かんぱい》‼」

カエデさんの挨拶に、みんなが「乾杯！」と続く。

「乾杯‼」

「か、乾杯です‼」

エルフィとスピカも手に持ったジュースで唱和した。

そういえば、神竜はお酒が呑めるのか？

「昔は竜大陸でもお酒を作ってた。神竜の身体は丈夫なので年齢制限もなかったはず」

エルフィがジュースを飲みつつ教えてくれた。

俺が召喚した卵から生まれた彼女は神竜のお姫様だ。だからか時折、神竜文明が栄華《えいが》を極めていた頃の様子を見てきたように語る。

「呑んでみようとは思わないのか？」

「うーん……私は甘いジュースがいい。お酒の味が分かるのは二百歳かららしい」

「わ、私は二百歳を超えてますけど、お酒は苦手です。すぐにぼーっとしてしまうので」

スピカが実感のこもったコメントをくれた。

二人とも、お酒に手を出す気はないらしい。

まあ、エルフィたちの見た目……十代前半の少女の姿でグビグビと呑まれたら、保護者として不安になりそうだから助かるが。

「そういえば、スピカは眠っていた時を含めて、もう千年近く生きてるんだろ？　エルフィとそんなに見た目が変わらないのはなんでなんだ？」

「個体の差。すぐにおじいさんになったり、いつまでも小さかったり、神竜によって外見が変わる頃合はバラバラ」

なるほど。人間にも実年齢のわりに幼く見える人がいるし、神竜も同じなのか。

「お酒といえば……この鍋にも使われているんだよな」

「……どうして!?　それじゃ、私たち食べられない……!?」

「ショ、ショックなので……」

まずい。エルフィとスピカを勘違いさせた。

「別に珍しいことじゃないぞ。少し使うと料理にコクが出るんだ。アルコールは熱で吹き飛ぶから、お酒っぽさはまったく残らない」

ちなみに今回使用されたのは、米からできたセキレイの地酒だそうだ。

どんな味わいになっているのか楽しみだ。

「というわけで……いただきます！」

俺は鍋をお椀《わん》によそった。

まずはスープを味わってみよう。

あれほど巨大なカニ……どんな味がするんだ？

胸を躍らせながら、お椀に口を付ける。

「……っ⁉　なんて奥深い……！」

凄まじい旨味に、衝撃が走る。

味付けの指揮を執ったのはケヤキさんというおばあさんで、カエデさんの親代わりの人だそうだ。

彼女は塩と少量の醤油、そしてわずかな酒を用い、この鍋の味を調《ととの》えた。

調味料が少ないのではないか、もっとたくさん入れた方がしっかり味が付くのではないかと思ったが……それは間違いだった。

「魚介のエキスだけじゃない。野菜の甘みが染み出してるんだ……」

素材の持つ本来の味が溶け合っている。調味料はあくまでもアクセント……非常に勉強になる。

一口するだけで、胸のあたりがぽかぽかと温かくなった。

「カニ……こんなに大きい……‼」

猛特訓して使いこなせるようになった箸でカニを持ち上げて、エルフィが目を輝かせる。

多羅波の巨躯《きょく》には大量の身が詰まっていた。

細かく切ったとはいえ、一切れでも凄まじいボリュームだ。

こんなに大きなカニの切り身にかぶりつけるなんて、感激の極みだ。

「あ、あのあの、向こうでこれを配ってました。カニに付けるといいみたいですので」

スピカが差し出すプレートの上には、黒い液体と白い液体が置かれている。

「なんだろうこれ……」

スピカによると、ポン酢という柑橘系《かんきつけい》の酢と、カニ酢というカニ用の甘い酢らしい。

ビネガーは海産物によく合う。セキレイでも嗜《たしな》まれているのか。

「身を少し細かくして……っと」

専用の酢であればまっさきに試したい。

早速、カニ酢に浸し、口に放り込む。

「むっ⁉　なんて肉厚でジューシーなんだ‼」

噛むたびにカニの旨味が口いっぱいに広がる。

酢の甘さもちょうどよく、カニの味が引き立てられてとても美味しい。

「ポン酢もいい……かなりすっぱいけど、カニとの相性は抜群」

「あう……上手く食べられないので……」

スピカは初めての箸に大苦戦中だ。

遠慮してスプーンとフォークを断ってしまったらしく、大変そうにしている。

「箸は練習が大事。仕方ないから、カニは私が手伝ってあげよう」

エルフィは器用に箸を操り、カニを皿に取り分けていく。

これならスピカでも食べやすいだろう。

「あ、あのあの、あり、ありがとうございます、エルフィちゃん」

視線をそらして、気恥ずかしそうにスピカが礼を言う。

「いつも思ってたけど……褒められたりお礼を言われたりする時、スピカは目を逸らしがち。自分が言う時もそう。どうして？」

エルフィがストレートに尋ねた。

「あ、あの……なんだか、言い慣れなくて……あの人たちと生活している時、褒められたことは一度もなかったので……」

「そうなんだ……」

魔族は彼女に会話を求めなかった。ユーリ殿は不器用ながら気にかけていたようだが……それでもストレスはあっただろう。

平和な生活を取り戻しても、まだスピカは人との距離感を測りかねているのかもしれない。

「スピカは今まで大変だった。だけどこれからは心配いらない。竜大陸には私もママもみんなもいる。スピカが荷物を運ぶのを手伝ってくれたように、スピカが困ったら私たちが助けるから。これからは、『ありがとう』にも慣れていこう」

「エルフィちゃん……」

俺の娘はなんていい子に育ったんだ……

胸に温かな気持ちが込み上げてくる。

「レヴィン殿、食事は楽しんでおられるか？」

和《なご》んでいると、カエデさんがやってきた。

後ろにはサノスケさんとミユキさんが控えているが、何やら口喧嘩をしているみたいだ。

エルフィが笑顔を見せる。

「カニ最高。とても美味しい。ありがとう、カエデ」

「多羅波を獲ってきてくれたサノスケで、調理を手伝ってくれたのはミユキたちだ。礼を言うなら彼らに頼む」

「うん。サノスケ、ミユキ、ありがとう」

エルフィが二人に礼を言い、合わせて俺とスピカも頭を下げた。

「はあ、エルフィちゃんは素直で可愛いですね……どこかの誰かとは大違い」

「うるせえぞ、ミユキ。でもま、ミユキのおかげで随分と、うまい鍋ができたなあ。やっぱり、料理に関してはお前の腕は最高だな」

「は、はあ？　なに急に素直になってんのよ。こっちだって多羅波を獲ってくれて感謝してるんだから!!」

ミユキさんとサノスケさんは相変わらずだ。

ふとエルフィがカエデさんを見上げた。

「そういえば、一つ聞きたいことがあった」

「なんだ？」

「これのことなんだけど……」

エルフィがポーチから一冊の本を取り出す。

「ひうっ⁉」

それを見て、カエデさんが肩をビクッとさせた。

エルフィが手にしていたのは、カエデさん作のマンガ――『春に唄う』だ。俺の母さんから借りて来たらしい。

「カエデはこれ知ってる？　セキレイでも人気のマンガだと聞いた」

「さ、さて、知らないな～」

明らかに動揺している。

普段は勇《いさ》ましいカエデさんだが、マンガが絡むと途端にごまかすのが下手になるな……

「サノスケは？」

「さ、さてね。なんのことやら……俺は本なんて、生まれてこの方一冊も読んだことないですからね」

「ミユキは？」

「えぇ⁉　め、眼鏡が曇《くも》っちゃって分からないなー？」

どういうわけか、サノスケさんとミユキさんも挙動不審だ。

「そうなんだ……でも、ちょっと気になる。このキャラとカエデのこと」

エルフィがマンガの表紙を見せる。

映っているのは主人公の姫――ツツジだ。

薄紫色の長髪に二本の角を生やし、着物に刀という出で立ちで……あれ？

「ツツジって、カエデとそっくりだと思わない？」

そう、外見がカエデさんにそっくりなのだ。

髪色、長さ、体格、なんなら服装まで……竜のような翼が生えていることを除けば、カエデさんそのものだ。

そういえば……対立する二つの国が舞台だというのも、どこかセキレイの東西の断絶を想起させる。ツツジは国を代表する姫なわけだから、月の氏族を束ねるカエデさんにも通じるし。

「き、ききき気のせいではないか？　私に似た者など、どこにでもいると思うぞ。うん、他人の空似だ」

著《いちじる》しく動揺している……この感じ、カエデさんは本当に自分をモデルにマンガを描いたのかもしれない。

「そ、そうでしょうか。わ、私はよく似てると思うので……その、設定とかも」

それまで静かにしていたスピカが珍しく主張する。

「ス、スピカ殿まで？」

「ツツジは肉体に魔《ま》を宿《やど》すという邪竜族《じゃりゅうぞく》の姫ですので……人間とは別の種族に設定したのは、な、なんとなく鬼人族をモデルにしたからかなと。彼女は勇ましく、剣術が上手くて可愛いです。国を率いる若き姫……とってもカエデさんっぽいので！」

普段のスピカからは想像できないほどに饒舌《じょうぜつ》に語る。彼女もあのマンガを愛読しているのか。

もしや、流行に置いていかれているのは俺だけ……？

目が泳いでいて、いつもの威厳が欠片も感じられない今のカエデさんは、ごまかしきれそうにない。

事情を知っている者として、なんとか話をそらして……

「あ、待って。ママ、なんか頭がビビッときた。エスメレの声がする」

「なんだって？」

どうやらアリアたちと共に西に渡った彼から、【念話】が届いたらしい。

「ママ、手を貸して。スピカも」

エルフィが俺とスピカの手をぎゅっと握り込む。

カエデさんたちが不思議そうに眺める中、エスメレの声が響いてくる。

『やぁやぁ、エルフィちゃんにご主人様、声は聞こえるかなあ？　僕からの一方通行だけど、こっちの状況を伝えるね。まず、近いうちにセキレイの王様……星蘭くんが北にある赤煉ヶ原《せきれんがはら》ってところに調査に行くよ。そこに毒の花の手がかりがあるかもしれないんだって。それにアリアちゃんたちもついていくことになったみたい』

赤煉ヶ原……聞いたことのない地名だ。

『ただ、そこはセキレイでも一番危険な場所なんだって。セキレイに入った時、僕たちを襲った鳴き声……あの聖獣（？）はどうやらそこにいるみたい。できれば、ご主人様たちと合流したいな。

よろしくね』

なるほど……事情は分かった。なんとかその場所に行く方法を考えよう。

赤煉ヶ原についてはカエデさんに聞いてみるしかない。俺たちだけでもそこに行けないものか……

「レヴィン殿、どうしたんだ？」

俺はエスメレから【念話】が来たことを説明しようとする。すると——

「カ、カエデ様、大変ッス！　牙の氏族の連中が……！」

いつの間にか席を外していたサノスケさんが大慌てで広場に駆け込んできた。

牙の氏族……確か、カエデさんの婚約者だというゴウダイが率いる一族だ。

一体、彼らがどうしたというのだろうか。

俺たちは、サノスケさんの案内で集落の外へ向かった。

「一体どうしたんだ、ゴウダイ……見たところ、皆傷を負っているようだが……」

ゴウダイを除いて、牙の氏族の者たちは酷い怪我をしていた。

それもただの怪我ではない。大量に出血していたり、骨が折れていたり……丈夫な身体を持つ鬼人族でなければ命に関わるようなものだ。

「先ほど、俺たちの集落を妖怪が襲った。数は千に近い」

「なんだと？　いくらなんでも多すぎる！」

大量の魔獣が人の住む集落を襲う現象は珍しくない。

突如として凶暴な魔獣が現れたり、何らかの自然災害を察知したり……様々な要因でパニックに陥った小型の魔獣が集落を踏み荒らした事件は、エルウィンにいた頃に何度か聞いている。

それらはスタンピードと呼ばれているのだが……せいぜい数十、多くとも百匹前後の魔獣が引き起こす現象だ。千匹に近いというのは規格外すぎる。

「なんとか撃退したが、村の者たちが酷く負傷してな」

「そうか。それは気の毒だった。同胞として、できうる限りの援助をしよう」

カエデさんはゴウダイにいい印象を抱いていないようだが、当然ながら彼の氏族を見捨てはしない。

実際、牙の氏族の怪我は酷いものだ。月の氏族が襲われた例を考えれば、住む場所もないはず……

ゴウダイは支援をお願いしに来たのか。

ところが、彼は首を横に振った。

「俺が来たのはそんなことのためではない。俺がじきじきに鍛《きた》えた者たちだ。この程度の怪我に屈することはない。カエデ、月の氏族を連れて、我ら牙の氏族と共に、赤煉ヶ原に行くぞ」

「どういうことだ？」

まったく意図が読めない。

怪我をした彼らの手当てや寝床の確保以上に、重要なことがあるのだろうか？

今、ゴウダイは赤煉ヶ原と口にしていた。まさかこのタイミングでこの名前が出るとは。

「近々、星王が赤煉ヶ原に来るという情報を入手した。東の民が西に干渉できる絶好の機会だ」

「ゴウダイ……一体、何を考えている。まさか、西の民に戦《いくさ》を仕掛けるなどと言わないだろうな？」

「そうだな……当たらずとも遠からずといったところか。俺は今回の件で確信した。セキレイの民が生き残るためには、もはや猶予《ゆうよ》はない。そして手段も選んでいられないとな」

「馬鹿な。それがどうして、西への侵攻に繋がる⁉」

カエデさんの言う通りだ。

確かに、セキレイの東西の民は、大峡谷を境界線に住処《すみか》を分けて暮らしている。

しかし、それは彼らを襲う呪いが原因だ。西の民が呪いの影響を抑え、東の民が妖怪を退治しているように、東西の民は助け合って生きているのでは……

「現実が分かっていないようだな。カエデよ、今年に入ってから何匹の妖怪を片付けた？」

「それは……」

カエデさんが言葉を詰まらせる。

「俺はこの半年で数万の妖怪を片付けたぞ。いくら妖怪が湧く妖洞があろうと、この数は異常だ。先ほど集落を襲った連中のことを考えても分かる。終末の獣の封印が解けかけ、妖洞が活性化しているのだ。これから先、妖怪の数は増える一方だろう」

「ならば全てを倒すまでだ。そのために、我ら鬼人族の武術がある」

「途方もないことを……貧弱な西の民を守るために、力を持つ我々がそうして命を懸《か》ける義理がどここにある」

「ふざけるな！　彼らを愚弄《ぐろう》することは私が──」

カエデさんの言葉を遮り、ゴウダイがさらに続けた。

「そうだったな。お前は今でもやつに未練があるんだな。あのひ弱で、覇気に欠け、ろくに王としての役目も果たせない星の王のことをな」

「黙れ……お前に星蘭の何が分かる!?」

拳を握り、カエデさんが怒りをにじませた。

星の王……星蘭さんか。アリアたちからセキレイをまとめる王様だと聞いていたが……カエデさんの知り合いなのか？

「お前が協力するのであれば、くだらない婚儀は破棄《はき》しよう。お前の好きにさせてやるぞ？」

「佞言《ねいげん》は止せ……西の民を襲い、王位を簒奪《さんだつ》するなど馬鹿げている」

「いや、これはこの国の行く末を決める重大なことだ。終末の獣の呪いは日々強まり、その封印が解けるのは時間の問題だ。俺はセキレイの繁栄《はんえい》のために、この歪《いびつ》な関係を改めさせる」

そう言うとゴウダイは言葉を区切り、肩を怒らせた。

「妖怪の大群から誰が守ってやっているのかも知らず……鬼人族を忌《い》み嫌い、のうのうと生きている西の民に思い知らせるのだ。これからは我らが西の民を管理し、東の民のために昼夜を問わず働いてもらう。食料の生産に魔導兵器の量産、魔導具を扱う兵士の育成……いずれ来る災厄《さいやく》に抗《あらが》うため、やつらには最大限の協力をさせるつもりだ」

「話にならないな。それは彼らを奴隷《どれい》にすることと同義だ」

カエデさんの糾弾《きゅうだん》を聞いて、ゴウダイはやれやれとため息をついた。

「勘違いをしているようだな、カエデ。俺はただ、セキレイの支配者を改めて決めるべきだと言っているだけだ。星王に戦いを挑み、誰が真にこの国を導けるのか示す。もしあの小僧《こぞう》が勝つのなら、俺とてやつに従う所存だ。決闘の見届け人として、赤煉ヶ原まで同行を願う」

アリア曰く、星蘭さんはどこかあどけない印象がある人物だという。魔法や占いが得意なようだし、肉弾戦《にくだんせん》となったらまず勝てるまい。

「馬鹿げている。お前のくだらない野望に、私たちを巻き込むな」

「どうあっても、やつに刃は向けんつもりか……角は生えていても、お前は所詮、西側の人間だな。いいだろう。では、俺は俺の好きにさせてもらう」

ゴウダイが踵《きびす》を返すと、牙の氏族たちも去っていく。

皆、酷い怪我をしているが……頭領の強さを信じているらしい。

長に従って、赤煉ヶ原に向かうようだ。

言っていることは野蛮で、到底許されることではない。だが、あの男なりに国と自分の氏族を守ろうとしているのだろう。

「カ、カエデ様。どうしやすか？　ゴウダイのやつ、あんなこと言って……」

慌てるサノスケさんに対して、カエデさんは冷静だった。

「……静観しよう」

「え、えぇ～⁉　本気ッスか⁉」

予想だにしない答えだったようで、サノスケさんが素っ頓狂な声を上げる。

「せ、星王は放っとくんですかい？　救援に行くとか、なんとかしないと……」

「私は月の氏族の頭領だ。お前たちを守ることこそを優先しなければならない。先日の妖怪の襲撃……皆が傷ついている中、事を荒立《あらだ》てるわけにはいかない。もしゴウダイが宿願を果たした時は私がやつを倒し、西の民を守ろう」

「それだと……お、おい、ミユキ。お前からもなんとか言ってくれ」

サノスケさんがミユキさんの肩を掴んで前後に揺らす。

「え、えっと、カエデ様。赤煉ケ原には星王――星蘭が来るんですよ⁉」

「それが一体どうしたというのだ？」

「あぅ……」

素気なく返されて、ミユキさんは黙り込んでしまった。

「こうなったら……レヴィンさん、ちょっといいですか？」

なぜかミユキさんが腕を引いてきた。サノスケさんにもう片方の腕を掴まれ、俺はどこかへ引っ張られていく。

一体、なんなんだ？

「えっと、ここは……」

連れてこられたのは、村外れにある大きな小屋だ。

先日の妖怪の襲撃を免《まぬが》れたそこには、扉には「関係者以外立ち入り禁止」「破った者は全身くすぐり地獄《じごく》」「封印」……いろいろ書かれた札が貼ってある。

扉を開けた先には、もの凄い光景が待っていた。

「な、なんだこれ……!?」

壁一面にはポスターが貼《は》られ、ぬいぐるみや手ぬぐい、湯呑み……まとまりのない雑貨がずらりと並んでいる。

ミユキさんが厳《おごそ》かに告げた。

「ようこそいらっしゃいました、ハルウタグッズ製作所へ」

「は、はるう……なんだって?」

まったく聞き慣れない言葉にピンと来ない。

「ハルウタッスよ、ハルウタ。『春に唄う』。カエデ様が描いてるマンガッス」

そんな知っててさも当然のように言われても。

「私とサノスケは、カエデ様のアシスタントなんです」

「あしすたんと……?」

「ざっくり言うなら、マンガを描くのを手伝う人のことです。一人で描くのは凄く大変なので……私たちが協力しています。ここはハルウタのグッズを製作する場所なんです」

「はえぇ、難しい世界だ」

グッズ……雑貨……彼らの口ぶりとここの様子からすると、あのマンガをモチーフにした雑貨を制作しているようだ。

「ま、それは置いておきましょう。それよりもこちらをご覧ください!!」

マンガを手にして、ミユキさんが中身を見せてくる。

そして、登場人物の一人を指し示した。

「人間の国を率いるヒーローだろ？　こいつがどうしたんだ？」

「これは辰宿。主人公のツツジと恋仲の男ッス」

それくらいは知っているが……

サノスケさんの説明はさらに続く。

「このあどけなく可愛らしい顔立ちは、まるで女の子のようッスね？」

「はい」

尋ねてくるサノスケさんに、思わず畏まった返事をする。

「それでいてしっかり芯の通った性格……暴漢《ぼうかん》に襲われたカエ——ツツジを助けるシーンでは、キリッとしていてギャップがある」

「……はい」

「特にツツジが禍々しい角と鱗、翼を見せるシーン。彼はその姿を見て『美しい』って言うんですよ？　人間に恐れられ、軽蔑《けいべつ》されていたカエデ様……ではなくて、ツツジの姿に見惚れるんです。幼い頃から人間によって迫害を受けていたツツジに、そんな素敵な言葉をかけるのですよ!?」

「よく分からないけど、グッと来るポイントなんだな」

二人とも、さっきからツツジのモデルと思しき人物の名前を言いまくっている。

ミユキさんに熱弁されたが、あらすじだけ聞かされてもあまり感情移入できない。

折角なら、ちゃんと一から読んでみたかった気も……望まずしてネタバレを浴びせられ、悔しくなってきた。この話がどう繋がるんだろう。

「ええっと……それがどうしたんだ？」

「このヒーローはある人物がモデルなんです」

「誰だ？」

「それはもちろん、星ら——」

「いやああああああああああああ!?」

ミユキさんが言いかけた途端、とんでもなく情けない声を上げたカエデさんが小屋に突っ込んできた。

「とう!!」

鮮やかな体捌《たいさば》きで、ミユキさんからマンガを取り上げる。

なんなんだ一体。

「お、お前たち、どこにもいないと思ったら……！　これから何を話そうと言うんだ!?」

「決まってるッスよ。カエデ様が星蘭を——」

「ああああああああああああ!!」

カエデさんがサノスケさんの口を手で押さえて黙らせた。

俺は完全に置いてきぼりだ。

「一体なんなんだ？」

「……すまない、レヴィン殿。ここからは私が話そう」

「カエデ様、自らお話しになるのですか？」

「私が黙っていても、ミユキたちは勝手に話すでしょ！　そんなの恥ずかしくて死んじゃう。それなら、自分で話した方がいいもん」

語尾が緩んでる……取《と》り繕《つくろ》うのも限界のようだ。

面倒なので単刀直入に聞こう。

「このツツジって子、カエデさんがモデルなんですか？」

「そうだよ。というより、このマンガそのものが、私の過去の体験がベースになってるんだ」

「カエデさんの過去？」

尋ねると、カエデさんはゆっくりと口を開いた。

◆　◆　◆

今から何年も前のこと。
私――カエデは赤い荒野《こうや》を彷徨っていた。

いつからそこにいたのか、自分はどこで生まれ、どんな人間だったのか……己《おのれ》の名前以外、何も思い出せない。

気付いたら人が住めないはずの呪われた地にいた。

人里を探して歩き回ったけど、まだ幼かった私は荒野に渦巻く瘴気に耐えられず、次第に意識がぼんやりとしてきた。

「ふむ。実に珍しい。鬼の子が来ているとは」

やがて、衰弱しきって地面にうずくまる私を、誰かがそっと抱き上げた。

その人こそが、先代の星王、辰星《しんせい》様。偶然、赤煉ヶ原の調査に来ていた彼は、紅玉山に私を連れて帰ると言った。

私は鬼人族でありながら、星王の娘として育てられることになる。


「おい、聞いたか。星王様が鬼の子を拾ったらしい」

「なんですって？　周囲の命を吸い取る呪われた鬼人が……ただでさえ私たちは先が短いのに。一体何を考えていらっしゃるの？」

「何言ってんだ。星王様が間違ったことをするはずないだろう？　深い考えがあってのことだよ」

私は紅玉山の人々に歓迎されていなかった。

無理もない。初代の星王はこう遺《のこ》した。

『我が愛しい民たちよ。我ら人と鬼人は、決して相容《あいい》れることはない。その身に呪いを宿す我らが交われば、大いなる災禍《さいか》となろう。住処を分け、健やかに暮らしたまえ。竜と共に生きた、我らのあるべき姿ゆえ……』

その言葉に従って、人々は今も住処を東と西に分けているのだから。

大いなる災禍とは何か、終末の獣が目覚めるのか、はたまたセキレイが滅びるのか、それは誰も知らない。

けれど、偉大なる初代星王の言葉を疑う者はいなかった。

それなのに辰星様はその遺言を破ったのだ。受け入れろという方が難しいと思う。

「またた……また庭の木が枯れている」

「池の鯉《こい》も死んでるわ。赤煉ヶ原から戻ってきてからというもの、星王様の体調も悪くなっているそうだし……どうせあの鬼の仕業《しわざ》でしょう。本当に迷惑ね」

鬼の身を蝕む呪いは不定期に濃くなり、それは腕が黒く変色する形で現れる。この時の鬼人の腕は生物の生命力を奪ってしまう。

特に私の呪いは強かった。普段は草木を枯らすくらいでも、時折小動物の命を奪ってしまうこともあった。

私が周囲から疎《うと》まれるのは当然のことだ。

「早く東に帰ってくれ、呪われたガキめ！」

「いつまで星王様の命を吸い続ければ気が済むんだい！」

城下町に出れば、いつも罵声を浴びせられた。折悪く、辰星様が体調を崩すようになったことも私が嫌われた理由の一つだ。

「君たち、いい加減にしたまえ！　そもそも、鬼人族の呪いは魔力を持つ者……人や魔獣には効かないと言っているだろう！　そのような迷信を理由に私の大切な娘へ無礼な言葉をかけるならば、許さない」

辰星様はいつも私をかばってくれたけど……そんな彼が町の人から悪く言われるのが嫌で、私はなるべく人前に出ないようにした。

寝起きはもちろん、食事も勉強する時も。一日のほとんどを紅霞城の自室で過ごす。

剣の鍛錬をする時は、誰にも見つからないよう明け方の時間に中庭に出るようにした。

「君がカエデ？　お父様に聞いていた通り、とても綺麗な腕だね」

私に話しかける物好きは、辰星様以外にもう一人いた。

それが星蘭だ。

「綺麗……？　う、嘘だよ。だって、この腕には呪いが――」

ある時から私の前に現れるようになった彼は、奇特なことに呪われたこの手がお気に入りのようだった。

「でも、こんなにつやつやして、まるで黒曜石《こくようせき》みたいだもん。肩の痣も、僕は好きだなあ」

そう言って、星蘭が私の腕に触れようとする。

「っ……!?」

私は咄嗟に手を引っ込めて、背に隠した。

いくら人間に害はないとはいえ、触らせるわけにはいかない。

「えっ、僕のこと嫌いなの……?」

星蘭がしゅんとして、私は慌てた。

「別にそういうわけじゃ……私の腕はよくないものだから、触っちゃダメだよ」

「こんなに綺麗な腕がよくないもののはずないよ！ それに僕は君のお兄さんだからね。平気だよ」

そんなことを言われたのは初めてで、戸惑ってしまう。

星蘭は辰星様の実の息子。私のことを家族……妹として歓迎しているみたいだった。

「……弟の間違いじゃないの? 背は私の方が高いし」

「むぅ……でも、お父様の子どもになったのは僕が先だもん」

私が言い返したからかもしれない。

それからというもの、星蘭は私につきまとうようになった。食事も剣の稽古《けいこ》も……何かと一緒に行動し出したの。

私の呪われた腕のことなんて、気にする様子も見せない。

そんな彼が……私は苦手だった。

次代の星王として、星蘭は誰からも愛されている。

呪われた鬼人族として、忌み嫌われる私とは大違いだ。

人の悪意を知らない、純粋で無垢な子ども。

いつしか、彼がこの腕の恐ろしさを理解する日が来るだろう。そして、他の人たちのように私に嫌悪と侮蔑《ぶべつ》の視線を向けるのだ。

◆　◆　◆

そして数年が経った。

「カエデは本当に強いね。全然敵《かな》わないや。兄として少し悔しいよ」

「身体能力が違うんだから当然だよ。占いや結界術……星術《せいじゅつ》なら私に勝ち目はない。それと、星蘭が弟ね」

私たちは共に剣術と星術を学び、姉弟弟子《きょうだいでし》とも言える関係になっていた。

鬼人の象徴である角が伸びていっても、星蘭は私への態度を変えない。

一度だけ、なぜ初代星王の遺言を気にしないのか聞いてみた。そうしたら「家族の絆《きずな》より優先するべき遺言なんて存在しない」と返された。相変わらずお人好しだ。

私はそんな星蘭に親しみを覚えるようになった。

東ほどじゃないけれど、西にも悪しき妖怪は湧く。

「あの土蜘蛛《つちぐも》を倒すとは凄まじい剣の腕だ」

「人に化け、幾多《いくた》の民を食らってきたやつだったのに……これでしばらくは安心して暮らせるだろう。鬼人の武術のおかげだな」

「フン。やつらは俺たちと違って、生まれつき丈夫な身体を持っている。この程度こなして当然だ」

私が西の民のために妖怪を倒すようになっても、偏見は消えない。

剣の腕を認められて妖怪退治を手伝うようになっても、初代星王の遺言を信じる人たちは多かった。私の存在が受け入れられるには、まだまだ時間がかかるだろう。

でも、構わない。私は妖怪を斬り続けた。

人々が安心して暮らせるようになれば、辰星様も星蘭も喜ぶ。

そしていつか、「辰星様が鬼の子を拾ってよかった」とみんなに思ってもらえるようになれば……

その願いは脆《もろ》くも崩れ去った。


「っ……星王様、どうして……」

「先日まであんなに元気でいらしたのに！」

辰星様が命を落とした。

死因は老衰《ろうすい》。

辰星様は短命な西の民だ。三十四歳を迎え、亡くなるのは時間の問題だった。

「あの鬼人のせいだ……」

葬儀《そうぎ》の場で、誰かが肩を震わせながらぽつりと呟いた。

「呪われた鬼人が生命力を奪ったから、辰星様は死んだんだ！　全部全部……あいつのせいだッ……!!」

「そ、そうだ。そうに違いない！」

一人だった声が二人、三人と広がり、憎しみがこもった視線が向けられる。

「あいつを追い出せ!!　辰星様の死の責任を取らせろ!!」

私は所詮、どこまで行っても鬼の子なんだ。

辰星様との別れが済んだ翌晩、私は闇夜《やみよ》に乗じて城を出ることにした。生まれが分からない鬼人でも、東に行けば居場所が見つかるかもしれない。

ところが……

「カエデ、待って!!」

城の中庭を抜けた時、星蘭が現れた。

いつも私の側についてきて、何かとお節介を焼いてくる義兄様《にいさま》。

私は彼に別れを告げる。

「やっぱり鬼人の私が人と交じって暮らすなんて無理な話だったの。だから、私は向こうに帰る。辰星様は私に生きる術を教えてくれたから、一人でも平気」

「ダメだよ」

首を横に振り、星蘭が私を引き止めようとする。

「私がいれば、いずれあなたも死ぬかもしれない。人間と鬼人は一緒にいられない」

「そんなの一部の人が勝手に言ってるだけだ」

あどけない顔立ちの星蘭は、出会った時と同じように頑固だった。

それは辰星様も同じ。二人とも、ずっと私の側にいてくれた。

「でも植物を枯らしたり、魚を殺しちゃったりするのは事実だよ！　だから私は――」

「なら、僕が平気だって証明するよ」

近寄ってきた星蘭が私の手を握った。

「っ……ダメ！」

振りほどこうとしたけれど、星蘭は私を掴んで離さない。

「ほらね。何も起きないでしょ？　その腕が呪われてたって、僕は死にはしないよ」

「……どうしてそこまでしてくれるの？」

「簡単だよ。こんなことで、僕はカエデと離れ離れになりたくないんだ」

星蘭の言葉がとても嬉しかった。

私の腕を綺麗だと褒め、邪険《じゃけん》にしても見捨てないでいてくれた人。

本当はこれからも彼と一緒にいたかった。

だけど……ふいに星蘭がよろめいた。

「っ……!?」

「大丈夫!?」

私が聞くと、星蘭は作り笑いをした。

「ちょっと立《た》ち眩《くら》みがしただけ。どうってことないよ」

平気そうな表情でそう言うが、明らかに顔色が悪い。

私は力を込め、無理矢理星蘭の手を振り払った。

「カエデ……!?」

驚いたような星蘭の顔。私はそれに背を向けて紅玉山から逃げ出した。

◆　◆　◆

カエデさんが一通り語り終え、息をついた。

俺……レヴィンは言葉が出ず、口ごもる。

彼女の過去。それは、この国に根差す呪いの深刻さを表していた。

「断っておくと、鬼人族の呪いは人間には効きません。もちろん、魔獣にもです。これは黒渓城塞で暮らす研究者たちによって、立証されていることです」

責任感が強いカエデさんのことだ。本当に呪いが人間や魔獣の生命力を奪うのなら、俺たちを集落に招きはしなかっただろう。むしろ不用意な接触を避けるはずだ。彼女の呪いが先代星王の命を奪ったというのは、迷信にすぎない。

だけど、それでも不安に思う人がいるのも分かる。まして、自分たちが戴《いただ》く主君が命を落としたのだから、その原因を誰かになすりつけて自分たちの喪失を埋めようとするのも、無理もないのかもしれない。カエデさんに矛先を向けるのは、まったく納得できないが。

いずれにせよ彼女は、己の呪いに一抹《いちまつ》の恐怖心を抱いてしまったため、東に流れてきたというわけだ。

そして、東にやってきたカエデさんは並外れた剣術の才能を発揮し、月の氏族に受け入れられたらしい。

だけど、一つ気になることがある。

「それで……今回の話とどう繋がるんだ？」

そもそもの発端は赤煉ヶ原に向かったゴウダイと、それに決闘を挑まれるであろう星蘭さんを助けるかどうかの話だったはずだ。

「レヴィンさん、鈍感って言われません？　だからですね……このマンガに出てくる辰宿は星蘭がモデルなんです」

分かりますよね？　とミユキさんが首を傾げ、カエデさんが眉を吊り上げた。

「ミユキ、もうその話はお終い！　ただの偶然だと何度も言ったはずだ。過去のエピソードをマンガの設定に使いはしたが、星蘭と辰宿は無関係なんだ！」

なるほど……？　だんだんミユキさんたちの言いたいこと、そしてカエデさんが隠していることが分かってきた。

辰宿はカエデさんがモデルの主人公、ツツジといい仲になる男だ。つまり……

「カエデさんって星蘭さんに恋して――」

「あああああああああああああ！　違う、違う、違うんだこれは!!」

耳まで真っ赤にさせて、カエデさんが必死に叫ぶ。

「分かってるよ。つまり、星蘭さんを愛して――」

「なんで遮ったのに言い直しちゃうの!?　そういうのではない!!　星蘭は、その……大事な家族というだけだ!!」

ようやく納得がいった。

カエデさんにとって、星蘭さんは大切な人だ。決闘を挑みに行くというゴウダイは、手加減をするようなやつじゃない。本心では戦いを止めたかったはずだ。

自らの感情を押し殺そうとするカエデさんに、ミユキさんとサノスケさんは業《ごう》を煮やしたのか。

カエデさんは責任感のある人だから、市場で動くことがどうしてもできないのだろう。

「大事な家族なら、なおのこと助けに行った方がいいんじゃないか？」

試しに説得してみるが、カエデさんは頑なに主張する。

「私が出かけたら、集落を長期間空けることになる。私は月の氏族の長だ。個人的な事情でみんなを巻き込むべきではない」

「村のみんなは反対しているのかな？　少なくとも、ミユキさんたちは違うみたいだけど」

「そうですよ、カエデ様。私たちを気にせず、行ってください」

「ミユキの言う通りだぜ。第一、カエデ様が自分と星蘭をモデルにマンガを描いていることなんて、村のみんなが知ってることなんすから」

「な、なんだとおおおおおおおおおおおおおおおお!?」

カエデさんが目を見開き、驚愕の表情を浮かべた。

「馬鹿！　何口を滑らせてるのよ！」

「す、すまん、ミユキ……つい……」

「ま、待て！　サノスケ！　今の話は本当か……!?」

カエデさんがサノスケさんの肩を掴み、激しく揺さぶる。

「マンガを描いてることは、内緒にしてって言ったじゃん!?」

「ま、待ってください、カエデ様。サノスケは悪くないんです」

慌ててミユキさんが仲裁《ちゅうさい》に入った。

「その……大変失礼ながら、あのマンガはかなり分かりやすくて……」

「そ、そうッス。星蘭はセキレイの……東の王様ッスから、みんな一度は顔を見てて……」

「ツツジがカエデ様で、辰宿が星蘭なんじゃないかって。カエデ様の過去は知ってますから」

「そ、そんな……まさか、隠せていると思っていたのは、私だけなのか……？」

がっくりと膝から崩れ落ち、カエデさんが嘆く。

「えっと……」

なんて声をかけてあげたらいいんだ……

「カエデや。決心はついたかい？」

俺が言葉に迷っていると、小屋にさらなる訪問者がやってきた。月の氏族の知恵袋的存在であるケヤキさんだ。

背中や腰に、薙刀《なぎなた》や弓、刀といったたくさんの武器を装備し、物々しい格好をしている。まるで、戦にでも向かわんという雰囲気だ。

「えっ……？」

俯いていたカエデさんが顔を上げ、ありえないものを目にしたように目をこすった。

「あんたのマンガ（?）はよく分からないけど、星蘭様を大事に想っていることは、みんなが知ってることだ。行きたいならお行き。集落が心配ならみんなで行けばいいのさ。誰も反対なんてしないよ」

頼もしいケヤキさんに、サノスケさんも続けて言う。

「そうッスよ、カエデ様！　俺たちはゴウダイと違って、西の人間を恨んじゃいません」

「そう……なのか？　でも、赤煉ヶ原は危険で……」

「カエデ様、さっきの鍋は西から野菜を仕入れないとなかなか食べられない料理です。私たち東の民だけじゃ、花一つ育てられません。だからいろんな形で西の人と助け合ってきました。ゴウダイみたいに西の民を恨んでいる鬼人もいれば、東の民に憎しみを抱いている西の人だっているでしょう。でもそれは、きっと一部の人だけです」

あの黒渓城塞では東と西の名産が数多く取引されている。

直接交流することこそないが、両者が助け合って生きてきた証だ。

「ということでカエデや。あたしたちに指示をおくれ。あんたはあたしたちの頭領なんだ。命令すれば誰だって従うよ」

「ケヤキばあや……うん、分かった」


それからカエデさんは広場に戻って、月の氏族たちを集めた。

「みんな。虫のいい話かもしれないが、頼みがある。ゴウダイが向かった赤煉ヶ原には、私の大事な家族がいる。どうか、その人を守るために力を貸してほしい」

カエデさんが深々と頭を下げる。

命令ではなく、あくまで頼み事だ。

とてもカエデさんらしい行動だと思った。

「レヴィン殿、そういうわけで私たちは赤煉ヶ原に向かう。君たちはここに残るなり、西を目指すなり――」

「ついていくよ」

「えっ？」

彼女の性格から絶対にそう言うだろうと思ったが、俺の決意は固まっている。

「カエデさんと同じように、俺にも大切な仲間たちがいるんだ。実は黒渓城塞で、その二人と再会できてな。今は星蘭さんと一緒にいて、共に赤煉ヶ原へ向かうそうなんだ。俺たちだけじっとしているわけにはいかない」

両隣にいたスピカとエルフィも頷く。

これまでの話を聞いて、俺はセキレイの呪いをどうにかしたいという思いを強くしていた。

どうして彼らは呪われたのか、どうすれば解呪《かいじゅ》できるのか……まったく手がかりはないけど、空から見たあの赤い大地——赤煉ヶ原に行けば、その手がかりが見つかる気がする。

「というわけで、これからもよろしく頼むよ」

俺たちはきっと、同じことを考えているはずだ。

第四章

レヴィンたちと別れたアリアとエリスは、西の紅玉山に戻った。

黒渓城塞から持ち帰った品を星蘭に届けるためだ。

「星蘭、頼まれていた商品を買ってきたよ」

紅霞城に帰ってきたアリアたちは、城の中庭に荷物を下ろす。

「本当にここでいいの？　商人に届けるなら、城下町に持っていった方が手間がかからないと思うけど」

「大丈夫です。こちらで物流を管理したいですし、ここから運ぶのは苦じゃありませんから」

アリアがちらりと視線をやる。

そこには、アリアたちが乗ってきた乗り物――【竜輪車《りゅうりんしゃ》】があった。

「凄いよね。馬が牽《ひ》かなくても、魔力だけで走れるなんて」

「そうですね。竜大陸にある【自走車《じそうしゃ》】を超える性能かもしれません」

褒めるアリアに、エリスも同意した。

リントヴルムの背にも大陸の各地を繋ぐ輸送車……通称、自走車がある。しかし、これはレールの上を走る乗り物なので、竜輪車のように大地を自由に走ることはできない。

セキレイの技術レベルは竜大陸並に高く、中には竜輪車のように超えている分野もあった。

「これは太陰黎帝《たいいんれいてい》様のおかげです」

「たいいんれーてー？」

聞き慣れない言葉にアリアが首をひねる。

「セキレイの大地を守護する使徒様《しとさま》のことですよ。かつて女神様から使命を与えられ、セキレイの大山を生み出したと言われており、今は最北の地にある紫微宮《しびきゅう》でお眠りになっているんです。計《はか》り知れない霊知を持ち、眷属と共に我々の先祖に様々な魔導技術をもたらしたという伝説のお方ですね」

「なるほど。しびきゅーで眠ってる、なんか凄い人がいるってことだね。完全に理解した」

星蘭の説明を聞き、アリアはキリッとした顔でうんうんと頷く。

「あっ、いえ、黎帝様は瑞獣《ずいじゅう》なんです」

「ずいじゅー？」

「お二人に分かりやすく言うと……聖獣のことですね。屈強な肉体と強力な力を持つ、心優しきお方だったとか。彼が作った都は今では人が立ち入れない危険な土地――赤煉ヶ原の奥地となりましたが、それでも時折、調査隊を率いて古代の遺物を探しています。命懸けですけどね」

「つまり……古代の魔導具を研究してできたのが、竜輪車ってことですか？」

「ええ、エリスさんの言う通りです。お二人に届けてもらった物資は、竜輪車で商人たちのもとに運ばれます」

城の役人たちがテキパキと仕分けをして、小型の竜輪車に載せていく。

彼らにとっても慣れた作業のようで、あっという間に運搬されていった。

「あの、アリア。ちょっといいですか？」

「ん？　どうしたの？」

エリスがアリアの腕を引っ張り、人気のないところへ向かう。

そして内緒話が始まった。

「何か、引っかかりませんか？」

「何かって？」

「星蘭さんのお話ですよ、アリア。最北の地には黎帝様なる聖獣が眠っているそうですが、あそこには終末の獣がいるはずでは？」

「確かに……」

「これってどういうことなんでしょうか？　もしや、セキレイを導いた聖獣が彼らを苦しめているのでは――」

「わっ!!」

「ひゃあっ!?」

二人が話し込んでいると、エリスの背後で少年――黒星が大声を出した。得意げな表情を見るに、わざと脅かしたようだ。

中庭に集った役人たちの視線が黒星に集まるが、特に騒ぐ様子はない。

彼が城に潜り込んでいることついて、さほど驚いてないらしい。

「シンくん、何するんですかー！」

エリスが胸に手を当てて黒星を睨む。その反応に、彼は笑みを浮かべた。

「ふふ。エリスさんは脅かし甲斐があると思ったんだよね。アリアさんにやったら叩き斬られそうだし」

「心外。せいぜい盾で殴り飛ばすだけ……それでなんの用事？　というか、どうやってここに入ってきたの？」

ここ、紅霞城はセキレイの王――星蘭の住まう王城だ。

星蘭が穏やかな気質であるとはいえ、部外者が軽々しく侵入できる場所ではない。

「どうやってって……普通にさ。僕は星蘭くんの親友だからね！」

黒星がウインクをしてみせる。

「嘘っぽいですね……」

「信用できない」

「酷い!! この前の話は信じてくれたじゃないか!!」

黒星はアリアたちにセキレイを蝕む呪いについて語った。

そして、この国の呪いを解きたいという自らの夢も。

とはいえ記憶を失っていたり、魔獣ではないのに長命だったりと謎が多く、二人は微妙に警戒していたのだ。

「まあいいや。ここに来た用件を話すね……二人に見てほしいものがあるんだ」


黒星に連れられて、アリアとエリスは城を出た。

向かったのは紅玉山を下り、しばらく歩いた場所にある兵舎だ。

一行は物陰に身を潜め、兵舎の様子を観察する。

「あれは……竜輪車でしょうか？ でもあの形状は……」

エリスが口ごもった。

視線の先には物々しい竜輪車がたくさん並んでいた。分厚い装甲で覆われ、先端からは大砲が伸びる。

「【竜戦車《りゅうせんしゃ》】って言うんだ。どんな魔法や兵器の一撃も完全に無効化する究極の装甲に覆われ、大砲からは強力な魔力砲撃が行える……搭乗者《とうじょうしゃ》の命を対価に放つ威力と言ったら、ちょっとした都市を完全に消滅させるほどでねえ。守備性能も完璧で、ありとあらゆる鎧や防御魔法を無効化するんだよ！　最高の矛と盾を揃えていると言っても過言ではないね」

「な、何それ……そんなの強力すぎる」

アリアが緊張した面持ちになる一方で、エリスは胡乱な眼差しを向けた。

「え、えっと……ちょっと待ってください。それじゃあ、あの竜戦車で他の竜戦車を撃ったらどうなるんですか？　それにそんなに優れた防衛技術があるなら、西側の皆さんが噴火の噴石に苦しむこともないはずですよね？」

「えっ⁉　そ、それはなんかこういい感じに……」

黒星が言葉に詰まり、目を泳がせた。

「確かに。エリス、頭がいい」

「そ、そんな大したことじゃありませんよ。まったく……シンくんはどうしてそんなでまかせを……」

エリスに苦言を呈され、黒星はしどろもどろになった。

「いやあ、二人共びっくりするかなと……あいたっ‼」

「……話を続けて」

アリアが黒星を小突《こづ》いた。

「話は盛ったけど、攻撃力と防御力が凄まじいのは本当だよ。多少の魔法なら無効化するし、中くらいの大きさの魔獣なら一撃さ」

「そんなものが、どうしてあんなに並んでいるんですか？　兵士の皆さんも忙しそうですし……」

ざっと見ただけでも数十台はある。しかし、それらが何のためにあるのか、エリスには分からなかった。

「兵器をたくさん準備している理由なんて、君たちも分かるだろ？」

「ま、まさか星蘭くんは……いや、ですが……」

「うーん、あの星蘭がそんなことを考えているとは思えない」

二人共ある想像はしている。しかし星蘭の人となりを知っているため、信じられないのだ。

「いやいや、人は見かけによらないからね。そう！　星蘭くんは竜戦車を使って、セキレイ全土を支配しに行くのさ!!」

「おや、君の言ってることはおかしいね」

エスメレがひょっこりと姿を現す。

レヴィンのもとを離れ、アリアたちと同行することを決めたカーバンクル。彼はアリアが持ち歩くポーチに潜んでいたのだが、今の話を聞いて飛び出してきた。

「えっ、何この小動物……って、なぜ君まで僕を疑うんだい!?」

「だって、あそこの人たちからは悪意を感じないからね。もし東に戦争を仕掛けるつもりなら、闘《とう》争心《そうしん》を滾《たぎ》らせたり、敵意に満ちていたりするはずだろ？」

「そういえば、エスメレさんは人の感情がなんとなく読み取れるんでしたね」

エリスが言うと、エスメレはしっかり頷いた。

「うん。だから君がアリアとエリスをからかおうとしてるのはよく分かるよ！」

「な、なんだって!? そんな力を持っているなんて、反則じゃないか!! ええい、こうなったら――あばぶっ!?」

小気味のいい音を立て、黒星の頭が何者かによって叩かれた。

黒星の背後から、星蘭が姿を見せる。手には丈夫な紙を折って作った、いわゆるハリセンを持っていた。

「シン……君ときたら、何を適当なことを吹き込もうとしているんですか……」

「星蘭くん……？ どうしてここに？」

エリスが目を丸くする。

いつも穏やかな星蘭はいつになくムスッとしていた。静かな怒りが黒星に向く。

「シンに声をかけようとしたら、お二人を連れてどこかに消えていくじゃないですか。嫌な予感がして後をつけたんです。友人とはいえ、客人を騙すようであれば看過《かんか》できません」

「クッ……追手は完全に撒《ま》いたはず……！」

「全然撒けてませんよ」

呆れたように星蘭がため息をつく。

アリアはいまいち目の前の状況が理解できないでいた。

「えっと、結局どういうことなの……」

「すみません、お二人とも。シンは人をからかう悪癖《あくへき》があって……」

「そんなぁ！　酷いよ星蘭くん！　君がセキレイの統一を目指してるのは本当——痛い、痛い！　ごめんなさい!!」

星蘭が腰を折った。隣では頭をがっしりと掴まれた黒星が、無理矢理謝罪させられている。

黒星に対してかなり手厳しいようだ。

エリスが端的に聞く。

「あれは何に使うんですか？」

「赤煉ヶ原に行くためです」

事情が読めず、アリアとエリスは揃って首を傾げた。

「赤煉ヶ原は、セキレイで最も呪いに汚染された大地です。そのせいで、これまで奥地の捜索はほとんどできず……今回は黒渓城塞がこの画期的な乗り物を開発したので、調査に行こうかと」

「へぇ～。黒渓城塞製だったんだ。初めて知ったよ」

なぜか黒星まで感心しているので、星蘭は呆れ顔だ。

「シン、いいですか。あれを設計して、基本技術を確立させたのは妖怪たちと東の民たちですからね。西でも大ニュースになったじゃないですか」

「そうなのですか？」

「ええ、エリスさん。東に住まう鬼人族や魔獣である妖怪は長生きなんです。昔から彼らは魔導具研究に勤《いそ》しんできて、あれはその成果です」

星蘭が誇らしそうに東の民のことを語る。その言葉に嘘はない。

……アリアたちの中で、適当なことばかり言う黒星の信用がどんどん失われていく。

「もしや、私たちが探している毒の花というのもそちらに？　近々調査に行くと言っていましたよね」

「はい、赤煉ヶ原のことですね。外から来た客人には危ないので、基本的には立入禁止にしているんです。お二人がお探しのものについては、セキレイ固有の花が瘴気で変異したんじゃないかと思っています」

あやうく黒星のからかいに騙されるところだった……恨みを込めて彼を睨みつつ、エリスは胸を撫で下ろす。

「お二人とも一度、紅玉山に戻りましょう。お使いのお礼をしますよ」

「もしかして夕飯!?　僕も交ぜてくれるよね？」

「は……？」

元気いっぱい手を挙げる黒星に、星蘭は冷たい視線を送る。

「スミマセン。僕ガ悪カッタデス」

かくして、アリアたちは紅玉山へ戻った。


星蘭の案内でやってきたのは、紅玉山で最も古い高級酒家《こうきゅうしゅか》だ。

豪奢《ごうしゃ》な内装の酒家に入ると、賓客《ひんきゃく》専用のエリアに通される。

大きな丸テーブルを囲み、星蘭が話を切り出した。

「ということで、本日は僕の奢りです。皆さん、存分に召し上がってください!!」

「えぇ!? いいのかしら、そこまで気を使ってもらって」

「もちろん君は違うよ、シン」

身体をくねらせてふざける黒星に星蘭が釘《くぎ》を刺す。

軽くあしらっていると、料理が続々と運ばれてきた。

「わぁ……アリア、見たことない料理ばかりですよ」

「あ、でも点心もある。あれはとても美味しかった」

アリアたちが以前食べたエビ餃子をはじめとしたいろいろな点心、甘辛《あまから》いエビチリ、ピリッとして白米との相性が抜群な麻婆豆腐《マーボーどうふ》……といった刺激的な華風料理だ。

初めて食《しょく》するものもあったが、アリアとエリスは楽しんで食べ進めた。

「星蘭、あれは何?」

「もしかして、チキンでしょうか?」

空いた皿が増えてくると、店員が黄金色に焼き上げられた肉料理を持ってきた。

ボリューミーな存在感にアリアたちは息を呑む。

「カオヤー――アヒルの丸焼きですね。表面に水飴《みずあめ》を塗って、炉《ろ》でこんがりと焼いたものです。とても美味しいですよ」

「へぇ～。ナイフで切り分けて食べるのかな」

「そこは店員にお任せしましょう。こちらを見てください」

星蘭が別の皿を示す。

「カオヤーピンという小麦粉の皮です。この皮に薬味と肉を包み、タレをかけて食べるのがカオヤーのスタイルなんですよ」

星蘭が実践するのを見て、二人は唾《つば》を呑み込んだ。

早速試したエリスが目を丸くする。

「う～～～～～んっ！　美味しいです。美味しいですよ、アリア!!」

「うん。あえてアヒルの薄皮を切り取って食べる……なんて贅沢《ぜいたく》な……!!」

「もちろん。肉の部分と一緒に食べても美味しいですからね」

一行はカオヤーをあっという間に平らげてしまった。

「それにしても、アリアさんとエリスさんってよく食べるね。まるまるアヒルを食べたのに、なんだか物足りなそうだし」

黒星が意外そうに言うと、二人は固まった。

「え……？　そそ、そんなことありませんよ。ね、アリア？」

「シンは失礼だよ。私たちはか弱い女の子なんだから、これだけ食べたらもう大満足で――」

――グゥ。

二人の腹が鳴り、黒星は失笑する。

S級天職持ちであるアリアとエリスは、普通の人に比べて一日に消費するエネルギーが多い。

一般的には十分な量の料理でも、二人からすればまだ足りないのだ。

「こ、これは違うんだから……」

アリアが慌てて腹の音を否定した。

彼女は年頃の少女なので、人前でたくさん食べたくないという恥じらいがある。

そのうえ、今回は星蘭が設けた食事の場だ。ごちそうしてもらっているのにはしたない……と懸命にごまかす。

「実際、これだけだと物足りないですよね」

ところが、星蘭が予想外のことを言い出した。

「えっ、星蘭くんもまだ食べるのかい？」

「うん。毎日、人里を襲う妖怪たちと戦っていると、すぐにお腹が減るからね。お二人共、遠慮しないでじゃんじゃん頼んでくださいね」

甘酢《あまず》のかかった揚《あ》げた白身魚、淡水に生息するカニの甲羅にカニ味噌と身を混ぜて作り上げた茶《ちゃ》碗蒸《わんむ》し……さらなる異国グルメを存分に堪能する。

あらかた食べ終えた頃、店員が大きな器を人数分運んできた。

「せ、星蘭さん。これは……？」

目の前に置かれた器を覗き込み。エリスが緊張した面持ちになる。

器にはたくさんの野菜と麺《めん》が入っていた。赤いスープからは湯気が立ち上る。

「この店の裏メニュー、極楽《ごくらく》タンメンです。店主が厳選した最高級の野菜にかかっているのは味噌やトウガラシなどの調味料で作った麻婆ダレ。スープの出汁は鶏《にわとり》と豚からとっています。麺は南の霊峰《れいほう》を流れるかん水で作られていて、とにかく美味しいですよ。特製のラーメンなんです」

「凄い……見ているだけで汗が流れてくる」

赤茶色のスープを前に、アリアの額に汗がにじんだ。

自分の器と周囲のそれを見比べ、黒星がぎこちなく星蘭を見やる。

「すみません、星蘭くん……僕と君のは色が違うんだけど……」

アリアたちのラーメンは味噌の色が残る常識的な赤みであるのに対して、星蘭と黒星の前にあるのはまるで血のような真紅のスープだ。

明らかに使われているトウガラシの量が違う。

「当然だよ。客人にいきなりこの絶叫級《ぜっきょうきゅう》を味わわせるわけにはいかないからね。アリアさんたちにはマイルドな初心者用を用意したよ」

「……もしかして、さっき僕がアリアさんたちをからかったこと、まだ怒っているのかい？」

「まさか！　この絶叫級はすさまじい辛さだけど、その分、奥深い旨味がある最高の一品だから勧めたのさ。第一、親友のシンにそんなことするわけないじゃないかー」

とびきりの笑顔で星蘭が告げる。

黒星は気圧《けお》され、何も言えなくなったようだ。

「それじゃあ、いただきましょう」

星蘭の言葉を合図に、アリアたちは極楽タンメンに手を付けた。

このラーメンはいわゆる激辛料理だ。二人は恐る恐る、麺を口に運ぶ。

「っ……とても辛い。だけど、美味しい！」

辛いことは辛い。しかし、不思議とさらに箸を進めたくなる。

辛味の奥にスープの旨味が感じられ、癖になりそうなほど美味だった。

「ヒーヒー……星蘭くん、これすっごく辛いよ⁉　でも美味しい‼　うひょおおおお‼」

それは黒星と星蘭が食べる真っ赤な絶叫級も同様だ。壮絶な辛味に苦しみながらも、黒星は妙なテンションになって叫ぶ。

心行くまで贅沢な料理を味わい、一行は店を後にした。


その後、激辛料理でお腹を痛めたらしい黒星は別れ、アリアたち三名は紅玉山の外れにある湖に涼みにやってきた。

高地にある澄んだ湖が星の光を煌々と反射する。

星蘭が申し訳なさそうに口を開く。

「すみません。わざわざ散歩に付き合ってもらって……」

「いえ、私たちも話がしたいと思っていましたから」

エリスが言葉を区切り、さらに続けた。

「昼間に見た竜戦車のことです。あれで赤煉ヶ原という場所へ行くんですよね？」

「ええ。あのあたりは凶暴な妖怪がうろついてますし、僕たち西の民が生身で行くには骨が折れますからね」

「でも、少し大げさな気がする。調査をするのに、あんなにたくさんの兵器が本当に必要なのかなって」

昼間の出来事を思い出しながら、アリアは尋ねた。

あの竜戦車が完成したのはつい最近のことだという。

そもそも赤煉ヶ原の調査は昔から行われていたのだ。あれほど物々しく備える意味はなさそうだが……

「ふふ。そうですね。調査だけなら手練《てだ》れの術師を集めれば可能です。鬼人族のような武術の腕はありませんが、僕らは星術に長けていますから。結界を張れば瘴気を抑えることもできるので、赤煉ヶ原の調査であっても、ある程度は安全性を確保できます」

「それじゃあ、あれにはもっと別の目的があるのでは……？」

エリスとアリアには、星蘭が何かを隠しているのではないか……という予感があった。

それが気になり、ここまでついてきたのだ。

「ええ……お二人には敵いませんね。僕はこの国を覆う呪いの元凶《げんきょう》を断つつもりです」

「呪いを……？」

星蘭が決意に満ちた表情を浮かべる。

「鬼人族は生まれながらに呪われた腕を持ち、僕たちは寿命が短い。その呪いのせいで両者は苦しんできました。東の民は生物の命を奪わない身体を、西の民は鬼人族の長い寿命を妬《ねた》み、時には争うこともありました」

「そうなんだ……」

「それでも、先代星王……僕の父、辰星が頑張ったおかげで、両者の対立はかなりマシになったんですよ」

アリアが空を見上げる。

そこにはまるで、オーロラのように透き通った防護障壁が張られている。

火山地帯である紅玉山。これは百年ごとに起きる噴火から町を守るために設置された魔導具の効果だった。

「ここまで本当に長かった……町の人たちは呪いの腕を持つ鬼人族に奇異の視線を向け、共存なんて不可能でした。鬼と知れば罵声を浴びせ、迫害しようとする……！」

星蘭が拳を強く握り込んだ。

「しかし父の努力が実を結び、互いに協力しなければセキレイで生きていくのは困難だと、みんなが気付きはじめました。あとはこの忌々しい呪いを断てば……呪いに苦しむ人はいなくなります。住む場所を分ける必要だって。だから僕は、必ず終末の獣を打倒しなければいけないのです」

黒星が「星蘭がセキレイを統一しようとしている」と言ったのは、東西の禍根《かこん》を消してみせるという星蘭の決意を言い換えたものだったのだろう。

これからのことを語る彼の表情は鬼気迫《ききせま》るものがあった。

千年近くにわたってセキレイの民を苦しめてきた呪い。それを断つなど簡単な話ではないが、その意志は固そうだ。

「星蘭はどうしてそこまでするの……？」

ふと、アリアが疑問を口にした。

彼の姿に、セキレイの王としての使命感だけでは説明できないほどの思いを感じたからだ。

「口にするのは恥ずかしいですけど……好きな人がいるからです」

「「好きな人……!?」」

アリアとエリスが食いつく。

「彼女は鬼人族でして……今はもう離れ離れになってしまいましたが、小さい頃から一緒に育った僕の大切な家族なんです」

「鬼人族……東の民なんですね」

「僕と彼女はこの呪いのせいで、離れて暮らすことになりました。でも、この馬鹿げた呪いが消えれば、そんなの関係ありません。僕はもう一度、彼女とこの町で……いや、どこでだっていい。彼女と一緒に暮らしたいんです。向こうがそう思ってくれればですけど」

自嘲気味に星蘭が頬を掻く。

「とてもロマンチックですね……」

「うん。こうしてはっきりと口にして、とても男らしいと思う。幼いのに、さらに見直した」

「幼いって……まあ、西の民は短い人生ですからね……味が濃くて刺激的な料理、危険でスリリングな冒険、寿命が短いからこそ、僕らは情熱的な人生を好むんです」

その言葉を聞いて、二人は複雑な表情を浮かべる。

西の派手で刺激的な文化は、彼らが生まれ持った呪いに起因するものなのだ。

「星蘭さん！」

エリスが大きな声を発した。

両手をしっかりと握り、覚悟を決めて申し出る。

「私を赤煉ヶ原に連れていってください」

「えっ？」

「私もエリスと同じことを言おうと思ってた。星蘭の目的が終末の獣を祓うことなら、私も協力したい」

「いやいや！　お二人にどんな影響があるか分かりませんし……」

赤煉ヶ原は瘴気が噴出し、セキレイの人々を苦しめる呪いの元凶が眠る。

「ですが、じっとしていられないんです。皆さんにはお世話になりましたし、最初は毒の花を探すためでしたけど……」

「このまま花だけ見つけて帰るんじゃ気が済まない。私たちもできることをしたいよ」

「赤煉ヶ原に呪いをもたらしているのは、きっと人智《じんち》を超えた危険な存在です。それでもいいんですか？」

「うん。Ｓ級天職を持つ私たちなら、きっと何かの役に立てるはず」

アリアの言葉に、星蘭ははにかんだ。

「……ありがとうございます。実はお二人の力を借りられたら心強いなって思ってたんです。どうかよろしくお願いします」

星蘭が深々と頭を下げると、アリアのポーチからエスメレが飛び出した。

そして素早く駆け、星蘭の肩に上る。

「そういうことなら、僕も協力するよ」

「えっと、この子は……？」

初めて見るカーバンクルが星蘭は珍しそうだ。

「僕はカーバンクルのエスメレさ。アリアちゃんたちの仲間だけど、今は君が気になるなぁ。僕、こっちに付いていくことにするよ。ご主人様には伝えてあるから心配しないでね」

「そうかい？　よく分からないけど、よろしくね」

こうして、一行は協力関係を結ぶことに決めた。

◆　◆　◆

数日後、星蘭たちは赤煉ヶ原にいた。

「なんておぞましい景色なんでしょう……」

竜戦車から頭を出し、エリスは周囲を眺めた。

草木も大地も赤く変色し、瘴気が漂う。赤煉ヶ原の土地を見て、エリスは得体のしれない恐怖を抱いた。

エリスは車内にいる星蘭に問いかける。

「見ているだけで震えてきます。ここはどうしてこんな風になってるんですか？」

「呪いのせいだと言われています。千年以上前、このあたり澄んだ空気を持つ清らかな場所で、【竜樹《りゅうじゅ》】と呼ばれる木が生えていたそうです。セキレイ人の祖先はこの一帯に暮らしていて、その時の名残があります。エリスさんたちがお探しの花は、この大地の呪いによって強い毒性を帯びたんだと思います」

周囲には朽ちた家々がある。

建物の雰囲気は紅玉山の様式そっくりだ。使われている建材は、リントヴルムの背にあった崩落した神竜の古代都市と似ていた。

「おっと、ここも行き止まりみたいですね」

しばらく走っていると、地面に長い亀裂《きれつ》が見えてきた。

こぽこぽと高温で溶けた溶岩が流れており、竜戦車の行く手を遮っている。

「これが赤煉ヶ原と呼ばれる由来です。ああしてそこかしこで、マグマが吹きこぼれているんです。星術で無理矢理凍結させることもできますが……決戦を考えると、むやみに魔力を消費するのは避けたいので、迂回しましょう」

道を探りつつ進んでいくと、一行の目に巨大な都市が飛び込んできた。

紅玉山をさらに発展させたような町並みだ。しかしその周囲には、まるで都市を守るかのように光の壁が展開されている。

都市の最奥部には、柱のようにそびえる積乱雲があった。

「祖先が住んでいたとされる古代都市ですね」

まだ都市までかなりの距離があるが、竜戦車が一斉に停車した。

「ん？　どうしたの、あそこに行かないの？」

疑問を口にするアリアに、星蘭が説明する。

「ここには、都市を守る偉大な瑞獣、瑠璃静《るりしずか》がいるので……」

「瑠璃静……綺麗な名前」

「かつては妖怪を統《す》べ、セキレイの民を守る者だったのですが……どういうわけか、今は都市に向かう者全てに牙を剥いているんです。眷属《けんぞく》の妖狐が見境なくセキレイの民を襲うようになっています。ひとまずここで一晩明かしましょう」

一行は都市から少し離れた遺跡に向かい、野営をすることにした。


思わぬ来訪者はその数時間後に現れた。

「ほう。情報通り、ここに集っていたか」

いつの間にか、野営地の周辺を鬼人族が取り囲んでいたのだ。

「黒渓城塞製の新兵器か。東に侵攻するつもりではあるまいな？」

断崖《だんがい》から飛び下りると、鬼人のリーダー……ゴウダイが星蘭の前に着地した。

一見すると細身だが、その身体は鍛え上げられている。背丈《せたけ》も高く、小柄な星蘭と並ぶとその大きさはさらに際立った。

「お初にお目にかかる、星王。俺の名はゴウダイ。牙の氏族の頭領だ……お前に決闘を申し込む」

「牙の氏族……」

その名を聞いて、星蘭が緊張した表情を浮かべる。

同時に、ゴウダイから漂う不穏な気配を察して、兵士たちが星蘭をかばうように立ちはだかった。

「やめておけ。お前たち、貧弱な西の民ではこの俺には敵わない」

ゴウダイがその身の丈に匹敵するほどの大太刀を抜く。


「星蘭！」

別の場所で支度を手伝っていたアリアとエリスが星蘭の隣に立ち、武装した。

「女の背に隠れるとは情けないものだな、星王よ」

「挑発は無駄だよ。それよりも……牙の氏族の頭領、決闘を申し込むとはどういうことですか？」

「簡単な話だ。お前はセキレイの王にふさわしくない。ひ弱で、ろくに戦えもしない無能な王……いずれよみがえる災厄にお前は対処できないだろう」

「……確かに、僕にも君たちのように強い身体があればどんなによかっただろうね」

星蘭が悔しげに呟く。彼自身、西の民の寿命の短さに思うところがあったのだろう。

「己の無力さを自覚する度量はあるようだな。では、王の座を捨てろ。これからは俺がセキレイを導く。終末の獣を葬るために」

「いや、それには及ばないよ。彼の者は、僕が必ず倒します」

「世迷《よま》い言を……魔力量が際立っていても、器が脆弱《ぜいじゃく》では意味がない。お前たちに何ができる」

「そうだね。たとえばこんなことだ」

星蘭が人差し指と中指をぴんと立て、星術を発動させた。

すると八卦《はっけ》と呼ばれる陣が足元に展開され、調査隊の面々を風の結界が覆った。

「星術――これは風護結界《ふうごけっかい》か？　小癪《こしゃく》な真似を」

「僕は自国の民と争うつもりはありません。どうか、退いてください」

「大人しく聞くとでも？」

ゴウダイが大太刀を振るう。

その一撃は速く、力強い。並の魔獣であれば、一撃で両断できただろう。

しかし、決界には傷一つつかない。これにはゴウダイも感心した。

「奇妙な手応えだ。風に煽られて、こちらの斬撃が受け流されているのか……さて、どうしたものか」

「ゴウダイ……！　何をしている！」

突破方法を思案するゴウダイの前に、月の氏族を引きつれたカエデが現れた。

レヴィンとエルフィ、スピカも一緒だ。

「カ、カエデ!?　どうしてここに!?」

その登場に誰よりも動揺したのは、星蘭だった。

「星蘭……」

カエデは星蘭に視線をやり、口をつぐむ。

「フン、決闘を見届けに来た……というわけではないようだな」

「当然だ。私はこの無意味な争いを止めに来た」

その言葉に、ゴウダイが肩を怒らせた。

「無意味だと？　あれを見てもそう言えるか？」

ゴウダイが都市の最奥部に視線をやる。

北の積乱雲は終末の獣を封じている結界だ。ところがその結界から、赤い瘴気が漏れている。

「この数年近く、封印は決壊の兆《きざ》しを見せている。やはり、一刻も早く俺とお前で子を作るべきだったな。俺たちの力を受け継いだ者であれば、必ずや終末の獣を滅ぼす力となっただろう」

「え、ちょっと待ってください。今の話はどういうことですか？」

ゴウダイの言葉に星蘭が強く反応した。

わざわざ結界を抜け、ゴウダイの前へ歩いていく。

「愚《おろ》かな。自ら結界を出——」

「今の話はどういうことかって聞いてるんです！　あなたは、カエデのなんなんですか!?」

柔和な星蘭がいつになく語気を強め、ゴウダイに迫った。

「な、なんだ急に……？」

星蘭の変化に、ゴウダイが困惑する。

「ゴウダイさん！　今は僕が質問しているんです。答えてください」

「いいだろう。そんなに聞きたければ教えてやる。カエデは俺の婚約者だ。月と牙、二つの氏族で最も強き力を持つ者同士が子を為す。そうすることで、俺たちは災厄に抗う力を受け継いできたのだ」

「つまり……あなたは、カエデを愛しているから婚約者になったわけではないというのですか？」

「愛だと？　そんなものになんの意味がある。俺たち鬼人族は、セキレイの守護者たらんと自由なき婚姻《こんいん》を繰り返してきたのだ。そこに愛などというくだらない感情が挟まる余地はない。今のカエデは月の氏族の長。西にいた時ならばともかく、鬼人族として在ろうというのならこちらのルールに従うのは当然だ」

「そん……な……」

星蘭が言葉を失った。

彼にとってカエデの存在は大きい。

東西の協力関係を深めようとしたのも、この国の呪いを解こうとしたのも……きっかけはカエデが自由に暮らせるようにしたいという淡《あわ》い願いだ。

それゆえ、ゴウダイの宣言は星蘭の心を激しく揺さぶった。

「フッ、覇気を失ったか。気骨を見せたかと思ったが、俺の勘違いだったようだな……やはり西の人間にこの国は任せられん」

「カエデに婚約者……婚約者がいたなんて……」

星蘭は相当ショックを受けているようで、ブツブツと呟いている。

「本当に愚かだな。力がないから、女の一人も手に入れられないのだ。あとは俺に任せ、お前はひ弱な人間らしく鬼人族に従え」

「力がない……そうだ、そのせいで僕たちは呪いに苦しめられてきた。カエデと離れ離れになったのだって……だから、僕は……僕は必ずこの国の呪いを……」

星蘭が顔を上げる。

「牙の氏族の頭領ゴウダイ、ここは君たちの流儀に則《のっと》ろう。その決闘を受ける」

「ほう？」

ゴウダイが口の端を持ち上げた。

「せ、星蘭、何を馬鹿な……考え直すんだ！　ゴウダイは強い。星蘭がどんなに力を尽くしても――」

「カエデ。君は鈍いから、この際はっきり言わせてもらうよ……僕はカエデが好きだ」

「え……？」

カエデの頬が赤く染まる。

「な……こんな時に、なんの冗談だ……」

「冗談じゃない！　僕は家族としてだけでなく、一人の女の子として、ずっと君のことが好きだったんだ。君がいなくなったあの日、僕は自分の身を引き裂かれるような思いがして、凄く苦しかった。今だってそうだ!!　久々に君に会えたと思ったら、婚約者がいて……それが嫌でたまらないんだ!!　君はどうなんだ？　本当にこんな男を愛するのか？　それでいいのか？」

「そ、それは……」

カエデがたじろぐ。

突然の星蘭の告白に、気持ちの整理ができないのだろう。

「戯《たわむ》れはそこまでだ。星王よ。まずはこの決闘に賭《か》けるものを言うがいい」

「君たち牙の氏族には、終末の獣を倒すために協力してもらおう。力こそが全てだというのなら、僕がそれを示して見せる。もちろん、カエデとの婚約も破棄してもらうよ」

「いいだろう。こちらはお前の退位を要求する。そして西の民の全てを俺たち鬼人族が管理する。どのみち、俺程度も倒せなければ終末の獣を倒すなど無理な話だ。断りはしないな？」

「……ああ。必ず勝つからね」

「図に乗るなよ……その貧弱な肉体に、力の差を思い知らせてやろう」


こうして、両者の決闘が始まった。

ルールはどちらかが降参すれば終了という単純なものだ。

「丸腰であろうと容赦《ようしゃ》はしない。全力で行かせてもらおう！」

先手を取ったのはゴウダイだ。

俊敏《しゅんびん》な動きで星蘭の背後を取り、大太刀を振るう。しかし、星蘭は鮮やかにかわしていく。

「見た目通りの軽妙さか。だが、いつまでもつかな」

その後も、ゴウダイは身の丈ほどの大太刀を軽々と振るい続けた。

星蘭に反撃の隙を与えない。

体格差は明らかだ。そのうえ鬼人は、人とは比べ物にならない高い身体能力を持つ。

もちろん、星術を使えば勝負は分からないが……星蘭はそれを使う気配がない。

レヴィンは自分たちと星蘭を隔てる風の結界を見つめ、呟いた。

「もしかしたら、この結界のせいなのかもしれない」

「なんのこと？」

アリアが尋ねると、レヴィンは先を続けた。

「今もこうして星蘭さんは大きな結界――風護結界を起動させてるだろ？　多分、俺たちが決闘の余波を食らわないようにするためだろうけど……魔力をかなり消耗してるはずだ」

レヴィンの推測は正しい。セキレイの王である星蘭に、不用意に民を傷つける意思はない。

決闘が始まっても維持されたままのそれは、みんなを巻き込まないようにするためのものだ。鬼人族でも随一の腕を持つゴウダイの攻撃を阻むほどの結界だ。こうしている今も、星蘭は膨大な魔力を結界を維持するために消費している。

「うわっ!?」

星蘭が足元の石ころにつまずき、地面に倒れ込んだ。

「戦い慣れていないようだな。これで終いだ」

好機と見たゴウダイが大太刀を振り上げたが……

「なっ……!?」

星蘭の手に握られているものを見て、咄嗟に攻撃を止めた。ゴウダイが油断なく距離を取る。

「わざと隙を見せたか。小癪な真似を……」

星蘭の手には、魔力で生成された小刀が握られていた。不用意に近づいていれば、足の腱《けん》を斬られていたに違いない。

「魔力で刀を生成するにはかなりの技術がいる。どうやら、魔力の制御には長けているようだな……危うく、地面に膝をつくところだった」

ゴウダイが冷静に分析した。

「まさか、見抜かれるとは思わなかったよ」

立ち上がった星蘭が力を抜くと、小刀が霧散する。

魔力をなるべく節約しようというのだろう。

「気にいらんな。この期《ご》に及んで弱者を守り、まだ俺に勝てると思い込んでいるとは……貴様ら西の民の貧弱さが、我々を果てのない闘争に追いやったというのに……！」

ゴウダイが怒りのこもった視線を星蘭に向けた。

「そうだね……僕らは君たちにずっと守られてきた。ただ今日を生き延びるために、君たちを危険に曝して……本当に申し訳ないと思ってる。だからこそ、僕は終末の獣を――」

「口先だけならなんとでも言える！　そのような空虚《くうきょ》な言葉で俺の戦意を削《そ》げると思うな!!」

感情を爆発させたゴウダイが雄叫《おたけ》びを上げた。

するとと周囲が一瞬で曇り、あっという間に雷雨が降り注いだ。

「レヴィンさん、アリア、天候が……」

「どういうことだ？　まるでセキレイを囲む嵐みたいな……」

激しい雷がゴウダイを直撃した。

「があああああああああ!!」

まともに雷撃《らいげき》を食らって、ゴウダイが苦悶《くもん》の声を発する。

周囲の者が固唾《かたず》を呑んで見守る中、カエデが星蘭に警告した。

「星蘭、もうやめて!!　このままだと死んでしまう……!!　西の民のことは、私がなんとかするから！」

「カエデ？」

ほんのわずかに気を取られた星蘭に、強烈な蹴りが直撃する。

「かはっ……」

あまりの衝撃に、星蘭の身体が吹き飛ばされた。無惨《むざん》に地面を転がっていく。

先ほどまで星蘭が立っていた場所には、全身を焦がしながらも、その鍛え上げられた肉体をさらに巨大化させたゴウダイが立っていた。

「勝負ありだな。その細身で、今の攻撃に耐えられるはずがない」

ゴウダイが使ったのは、鬼人族の中でも特に強い力を持つ者だけが扱える秘術《ひじゅつ》だ。

セキレイを取り巻く積乱雲を呼び寄せ、落雷によって全身を刺激させる。そして肉体を一時的に強化させるのだ。

「星蘭……！」

カエデが結界を飛び出し、星蘭のもとへ駆け寄る。

鬼人族の本気の一撃を喰らえばただでは済まないだろう。

「無駄だ、カエデ。そいつはもう二度と起き上がれない。内臓もあばらもズタズタになっているだろう」

「そんな……いや……！」

カエデが嗚咽《おえつ》を漏らす。

彼女の目の前にいる青年はぴくりとも動かない。

「ごめんなさい、ごめんなさい……私……私がもっと早く動いていれば……星蘭……!!」

カエデは星蘭の手を握り、自分の頬に押し当てた。

しかし、反応が返ってくることはない。カエデは人目も憚らず慟哭《どうこく》した。

ところが……

「っ……な、なんて馬鹿力なんだ……」

驚いたことに、星蘭が目を覚ましたのだ。

カエデが唖然《あぜん》とする。

「星蘭……ど、どうして？」

「気絶してたみたいだ。さすがに鬼人族の一撃は堪えるよ……」

「そ、そうじゃなくて、だってゴウダイのあんな攻撃を喰らって……」

その身体に外傷はない。常識的に考えてありえないことだった。

「カエデ、下がってて。まだ、決闘は終わってない。セキレイの民のためにも、今ここで僕が倒れるわけにはいかない……！」

星蘭がゆっくりと歩みを進め、ゴウダイの前に立った。

「どういうからくりだ……？　西の民が、本気の俺の一撃に耐えられるはずがない……！」

「大したものだ。天候を変えるなんて、才能のある大魔術士が十年修業してようやく辿り着ける境地だ。それを己の力に変えるなんてね」

切れた唇の血を拭き取ると、星蘭は拳を構える。

「無手《むて》でこの俺に挑むつもりか……？　つくづく癪《しゃく》に障《さわ》る小僧だ……」

ゴウダイが大太刀を捨てる。

「いい加減、子ども扱いはよしてくれ。僕はもう二十四歳だ」

「……二十四？」

ゴウダイが目を見張る。小柄な見た目で童顔の星蘭を、彼は自分より年下の子どもだと思っていたからだ。

カエデの過去や、セキレイの王として働いている星蘭の噂を聞いていれば気付いただろうが……西を蔑《さげす》み、武だけを追い求めていた彼にとっては意外な話だった。

「今度は僕から行くよ」

地面を蹴った星蘭が、ゴウダイに無数の蹴りを見舞う。

その動きには無駄がなく、突然の猛攻にゴウダイは防戦する一方だ。

「なんという一撃の重さ……我々に守られてばかりの西の民に、どうしてこのような力が……!?」

「それも訂正させてもらう。僕らだって必死なんだ……!」

「ぬっ……!?」

ゴウダイのガードを打ち崩すように、星蘭の蹴りが放たれる。

「僕だって、本当は強い身体が欲しかった……病弱で、三十歳で死ぬ身体に生まれたくなんてなかったんだ……!」

ガードが崩れたところで、星蘭が乱打を見舞う。その一撃一撃がゴウダイの身体の芯に響く。

「君たちは僕らよりもずっと長生きだ……! 大切な人と長く一緒にいられる! 一緒に歳を取れる……!! のんびりと幸せな時を暮らせるじゃないか!」

「ぬおっ……かはっ……」

やがて星蘭がゴウダイの懐に飛び込み、その腕を取った。

「それは僕たちには……絶対に手に入れられないんだ!!」

勢いよく星蘭がゴウダイを投げ飛ばす。

そして、鮮やかな軌跡を描くと、ゴウダイは激しく地面に叩きつけられた。

「かはっ……」

小柄で力を持たない西の民であるはずの星蘭だが、信じられないほどの力を発揮して果たし合いを制したのであった。

◆
◆
◆

気絶したゴウダイは目覚める気配がない。

「えっと……勝負ありってことでいいのかな」

俺――レヴィンの目の前で、星蘭さんは困惑していた。相手の降参を聞いていない以上、勝ったと自信を持って言えないようだ。

そんな星蘭さんの腕をアリアが掴み、天に掲《かか》げた。

「星蘭様、素晴らしいです。まさか、素手で倒してしまわれるとは……！」

調査隊の面々が星蘭を称賛する。

それは同じく見守っていた月の氏族の人も同様だ。

「さすが辰宿のモデルになった方……とても素敵でお強いですね、カエデ様」

「あ、ああ、そうだな……って、違う！　モデルにしたわけではない!!」

ミユキさんの言葉に、カエデさんは顔を真っ赤にして否定している。

「ともかく、これで問題は一つ片付いたか。俺はあの星蘭って人のことはよく知らないけど、それでも凄かったな」

力の差は歴然。しかし、星蘭さんは互角以上にゴウダイと戦ってみせた。

一体、どこからあんな力が湧いてきたんだ？

「君は……レヴィンさんだね。アリアさんたちに話を聞いてたからすぐにピンと来たよ」

星蘭さんが手を差し出したので、俺は握手を交わす。

「アリアたちがお世話になりました。二人と離れ離れになって、実はとても心細くて……」

「分かるよ。大切な人と引き離されるのは、本当につらいことだからね……」

とはいえ星蘭さんとカエデさんが離れ離れになったのは、地域の対立や呪いの存在によるものだ。

俺とアリアとはレベルが違いすぎて、一緒にされるのはさすがに申し訳ない。

「さて、問題はこれからだ。君も知っての通り、封印が弱まっている。できることなら、あそこに眠る終末の獣をどうにかして倒したいんだけ……ど……まず……ちょっと力を使いすぎ……」

突如、星蘭さんが倒れ込んだ。

俺が驚いて抱きとめると、慌ててカエデさんが駆け寄ってきた。

「星蘭……!?　星蘭……！　ど、どうして？　意識がない……！」

「まずい。まずいよ、ご主人様！」

そう叫び、星蘭さんの服の裾からエスメレが顔を出した。

「随分と無茶したものだ。まさか、寿命を前借りして力に変えるなんて……とんでもない術があったもんだよ」

「エスメレ、事情を知っているのか？」

「事情というか、魔力の流れかな。星蘭くん……というか星王は、寿命が近づくほど魔力を高める秘術が使えるみたいなんだ。星蘭くんはその術をさらに発展させて、自らの寿命を前借りして、爆発的に自分を強化していたんだ」

「エ、エスメレ殿……それじゃ星蘭は……？」

カエデさんが顔を歪めて尋ねた。

「分からない。さっきの決闘、星蘭くんが『絶対に手を出さないでね』って言ってたから、ずっと見守ってたけど……かなり危険な状態みたい。でも、任せて。要するに、魔力が暴走している状態だからね。僕ほど魔力の扱いに詳しいやつはいないよ。この数日で彼の魔力の流れは分かっているし、どうにか助けてみる」

「そうか。エスメレがいてくれてよかったよ」

そうなると、残る問題は封印の方だ。

話を聞くに、封印は緩んでいるみたいだが……ひとまずここは態勢を立て直すべきか？

——ウウウウウウッ!!

その時、澄んだ獣の唸り声があたりに響いた。

「っ……マ、ママ……これ、あの時の……」

「こ、怖いのが来ます……」

エルフィとスピカが青ざめる。

間違いない。セキレイ突入の時に俺たちを襲った声の主だ。赤煉ケ原までの道すがら、カエデさんからその正体を聞いた。セキレイの聖獣——妖狐を従える九尾《きゅうび》だ。

「瑠璃静様……」

カエデさんが刀を抜いた。

「やはり、正気ではない……護国の瑞獣に刀を向ける不敬《ふけい》、どうかお許しください」

カエデさんが呟くと、月の氏族の人たちも武器を構えた。

おまけに西の民……星蘭さんが連れてきた調査隊の面々も武器を手に取る。得物は……小銃《しょうじゅう》か？

「その銃は一体なんですか？」

なんだか清廉《せいれん》な力を感じる。どう見ても普通の銃ではない。

俺が尋ねると、調査隊の一人が教えてくれた。

「これは星蘭様の祝福を受けた銃です。古代の遺跡で見つけた特殊な素材を用いて作られ、星辰《せいしん》の力を振るうことができるそうです。瑠璃静様が相手でも、なんとか抵抗は……」

「ウォオオオオオオ!!」

九尾が雄叫びを上げる。戦いは避けられないようだ。

アリアたちもそれを理解し、応戦の構えを取る。

そんな時だった。

「待ってくれ、みんな！　瑞獣様と戦っちゃダメだ！」

九尾をかばうようにして、一人の少年が現れた。

「シンくん!?　危険です！　下がってください……!!」

エリスが呼びかけるが、少年はなおも立ち塞がる。

もしかして、この子が黒星か？　髪の色こそ違うが、全体的な雰囲気が白星にそっくりだ。

黒星がさらに言う。

「大丈夫だ。瑠璃静はとても優しい瑞獣……いいや聖獣なんだ。今も呪いを一身に受けて、君たちへの影響を弱めてくれているんだよ！」

「うんうん。僕も同意だな」

星蘭さんを診ていたエスメレが、黒星に同調する。

「彼女は今、葛藤している。呪いによって増幅される負の感情と、本来の優しい心がせめぎ合っている状態なんだ」

「そうなのか？　だが、どうすればいいんだ……」

俺は額に手を当てた。

せめてリントヴルムの背にいる仲間――呪いに詳しいバイコーンのエーデルを喚べればよかったのに。

「大丈夫。ここは僕に任せてほしい。瑠璃静の呪いを完全に祓《はら》うことはできないけど、正気を取り戻させることなら……！」

黒星が瑠璃静を見て、詠唱を始める。

赤煉ヶ原の地に大きな魔法陣が生成された。魔力が地面を伝わって障壁を作り、九尾を閉じ込める。

「これはなんだ……？」

初めて見る魔法形体だ。一体何が起きているんだろう。

「君はレヴィンくん……だよね？　竜の喚び手……いや、《聖獣使い《ホーリーテイマー》》の」

「どうしてそれを……？」

「なんとなく名前が分かって……って、今はそれどころじゃない。どうか君の力を借りられないかな？　聖獣と心を通わせられる君なら、きっと瑠璃静の意識を呼び起こせるはずだ」

黒星が言うには、この魔法陣によって瑠璃静の精神と接触できるそうだ。

「ま、待って！」

エルフィが止めに入った。

「あの人、強力な呪いに汚染されてる。精神を同調させたら、きっとママもただじゃ済まない……」

「それは……そうかも。人の身で耐えるには苦しいはずで――」

「いや、俺にできることならなんでもやろう」

俺を見上げ、黒星が目を丸くする。

「いいのかい？」

「ダメだよ！」

エルフィはなおも引き留めたが、俺はとっくに心に決めているのだ。

「セキレイの人たちはずっと呪いに苦しめられた。この瑠璃静もそうなんだろ？　なら《聖獣使い《ホーリーテイマー》》として俺がどうにかしないとな……エルフィ、どうか見守っていてほしい」

「うぅ……ママがそう言うなら……」

俺は黒星と共に陣の中に入った。

魔法陣に入った途端、周囲が闇に包まれる。ここが瑠璃静の精神世界か……？

「っ……がぁあああああああ!?」

突如、妬みや怒り、憎しみ、苦しみといった負の感情が押し寄せる。

頭が割れるように痛み、猛烈《もうれつ》な吐き気を覚えた。

「こ、これが呪……い……俺が倒すべき……っ……」

負の感情に呑み込まれそうになった時、温かな何かを感じた。

目の前に柔らかく発光するものが現れる。

なぜか懐かしい……その光に導かれるように暗闇を歩くと、禍々しいツタによって雁字搦《がんじがら》めに拘束される瑠璃静の姿があった。

いつの間にか負の感情も、不思議な光も消えている。

あれは一体なんだったんだ……

いや、そんなことを考えている場合じゃない。今は瑠璃静を助けなければ。

俺が触れた途端、ツタは一瞬で消え去った。

「あなたが私を解放してくれた……のですか？　懐かしい……あなたの中から神竜の力を……」

九尾が正気を取り戻す。

周囲が目映《まばゆ》く光り、俺は現実に引き戻されるのであった。

いつの間にか、意識を失っていたみたいだ。

「ママ!?　大丈夫!?」

エルフィやアリアたちが、心配そうに俺の顔を覗く。

「ああ、大丈夫だ。それよりも……瑠璃静は？」

獰猛《どうもう》な気配を発していた瑠璃静。今の彼女は穏やかな表情を浮かべて、その場に座っていた。

「竜の喚び手……このセキレイに千年もの間生まれなかった者と、こうして巡り合うなど予想していませんでしたね」

澄んだ声で瑠璃静が語りかけてくる。

逆立っていた青色の毛並みが落ち着き、美しく滑らかになった。

「呪いが解けたのか……？」

「あなたの持つ神竜の加護のおかげです。この身に及んだ呪いさえ消すとは……」

神竜の加護？　エルフィが力を貸してくれたのだろうか……

カエデさんや他のみんなが構えを解く。

瑠璃静に敵対意識はないと理解したのだろう。

「お初にお目にかかります。瑠璃静様……私はカエデと申します」

「もちろん……あなたのことは、もちろん存じておりますよ」

瑠璃静の表情がいっそう穏やかなものになる。

目元をほころばせ、慈愛《じあい》に満ちた表情だ。

カエデさんに特別な感情を抱いているのだろうか？

「あなたを見ていると、遠い昔に出会った初代鬼王を思い出します。若い身でありながら、務めをよく果たしているようですね」

「もったいなきお言葉……！」

いつの間にか隣に来ていた黒星が、こっそり教えてくれたところによると……鬼王とは星王と対になる存在で、東の民、鬼人族を率いてきた存在らしい。鬼人族がいくつかの氏族に分かれたことで自然と消えた立場だそうだ。

深々と頭を下げたカエデさんに、瑠璃静が優しく言う。

「カエデ、私に人の礼は不要です。尋ねたいことがあるのでしょう？　遠慮なく聞きなさい」

「では、僭越《せんえつ》ながら。瑠璃静様、今、このセキレイで何が起ころうとしているのでしょうか」

「そうですね……この先に眠る禁忌《きんき》の終末の獣は、黎帝たちの働きによって封じられています」

「エリス、『れーてー』ってなんだっけ？」

「この国のご先祖様に文明を授けた偉大な聖獣ですよ」

エリスがアリアに教えている。どうやら、俺が知らない話がいろいろとありそうだ。

「いつか、人の手で滅ぼせる日が来るまで、彼らは戦い続けるつもりでした。ですが、最近になって事態が一変したのです」

瑠璃静が空を見上げる。

セキレイの空はもう長いこと積乱雲に覆われたままだ。

「セキレイの嵐は、大地を守るための黎帝の加護です。ですが、今はそれが不安定になり、近づくものを拒む危険なものになっています。黎帝の身に何かが起こり、力を制御できなくなっているのでしょう。結界にも綻《ほころ》びが生じていて、あと数ヶ月保つかどうか……この私も呪いの一部を引き受けていたのですが、情けないことに正気を失ってしまいました」

「では、終末の獣との決戦は避けられないと……」

カエデさんが質問すると、瑠璃静は確かに頷いた。

「そうですね。ですが、彼の者は人智の及ぶ相手ではありません……」

瑠璃静は、聖獣の中でも極めて強力な個体だ。それにもかかわらず、彼女は呪いに汚染されてしまった。

終末の獣は並大抵の相手ではない。

「ですが、安心してください。もう遅れは取りません。仮に封印が解けても、私が命を懸けて再封印を……」

「それには及ばないよ、瑠璃静」

黒星が瑠璃静の前へ歩いていく。

「あなたは……！　まさか、そんな……生きて……」

瑠璃静が酷く驚いた様子を見せる。

どうやら彼女は黒星を知っているようだ。

「？　君は僕のことを知っているのかい？」

「その様子、よもや記憶が……」

「もしかして僕の過去を知って――いや、今はいいや。なんだか気になるけど、それよりも本題は終末の獣かな。実は秘策があるんだ」

「秘策……ですか？」

「うん。瑠璃静、あと少しでいい。確実に封印を維持するとして、どのくらいいけそう？」

「……私が力を尽くせば、二ヶ月ほどは」

「よし、それなら二ヶ月だ。今から二ヶ月で、終末の獣の襲撃に備えるよ」

黒星は自信満々に宣言する。

一体、どんな秘策があるんだ？

俺は分からないなりに口を挟んでみる。

「なあ、瑠璃静。一つ聞きたいんだけど、終末の獣を倒せば、セキレイの呪いはなくなるのか？」

「ええ、もちろんです。ですが、力の残滓《ざんし》とはいえ終末の獣はかつて世界を滅ぼしかけた存在です。私が力を貸したとしても、只人《ただびと》では……」

「世界を滅ぼしかけた……か。一つ疑問に思ってたんだ。終末の獣……もしかしたら、あれは覇王なのか？」

覇王――かつて魔族を率いて世界の全てを支配し、滅ぼさんとした存在だ。

瑠璃静の説明と、やつの伝説は符合する点が多い。

「半分正解で、半分間違い……でしょうか。終末の獣の正体は、覇王の身体の一部です。かつて、十二の英雄たちは神器《しんき》を振るい、覇王を打倒しました。しかし、完全には消滅せずに残った肉体の一部が、このセキレイの神樹——竜樹と融合してしまったのです。その時点で英雄はほとんど死に絶え、残された二人の英雄は封印という形を選ばざるを得ませんでした」

「そういうことだったのか……」

覇王に由来するものであれば、セキレイの民を千年も苦しめる呪いと化してもおかしくない。

「そうなると、戦力が必要になるな……瑠璃静、俺からも頼み事をしてもいいかな？」

「私にできることであればなんなりと、竜の喚び手よ」

「それじゃあ、セキレイを覆う嵐をどうにかできないか？」

「黎帝の嵐壁《らんぺき》をですか……？　分かりました。やってみましょう」

セキレイと外との往来を阻む嵐の壁のせいで、俺たちは竜大陸に戻れなくなっていた。

もし、それを取り除けたら……容易にリントヴルムのもとへ戻れるだけでなく、転移門を設置することだって可能だ。

かすかだが、呪い攻略の糸口が見えてきた。

その後、俺たちはリントヴルムにひとまず帰還することにした。

もともとセキレイの嵐は、黎帝によって展開されているらしい。彼に匹敵する力を持つ瑠璃静の力によって一時的に払われている。

俺たちは赤煉ヶ原で見かけた毒の花を採取し、カトリーヌさんに渡した。

ついで、リントヴルムに状況を報告する。

「なるほど。道理で懐かしい雰囲気を感じたはずです。あのセキレイの大地は我が同胞だったのですね」

今は積乱雲の柱に隔てられていて見えないが、セキレイの最北には神樹があるのだという。それを聞いて、万能工作機のクロウがいた理由も理解した。

セキレイもまた竜の背にできた国で、黎帝はあの大山を構成する神竜の名だったのだ。

「リントヴルムには空から援護してほしい。君のブレスがあれば心強いよ」

「承知いたしました。力を取り戻しつつある今、これまで以上の働きをお約束しましょう」

こうしてリントヴルムの了承を取り付けた。

封印が緩んだ影響で増殖する妖怪に対抗すべくアーガスに協力を願うと、彼は快諾してくれた。


その後、ほどなくしてアイシャさんが目を覚ました。

まだ意識がもうろうとしていて、喋ることさえろくにできないようだが……魔族によって投与された毒は完全に取り除かれたそうだ。

同時に、エリーゼの父カール国王も復調する。セキレイを訪ねた当初の目的は達成された。

もちろん、これでセキレイと縁を切るつもりなど、微塵《みじん》もないが。

「あの……レヴィン様。あり、ありがとうございます……無事に母が、目を覚ましたので……」

「ああ、本当によかったな。これでもう心配はいらない」

「はい……！　でも、どうして、ここまでよくしてくれるんですか？　私は皆さんと敵対した悪い神竜です。さんざん酷いことをしてきました。それなのに、こんなによくしてもらうなんて……」

「どうしてと言われても……そうしたいと思っただけだよ」

スピカはずっと気にしていたみたいだが、俺にとって誰かのために力を尽くすのは当然のことだ。

そうしなければいけない……という謎の切迫感がある。

「とりあえず、一つはっきりしてることはあるな」

「はっきりしてること？」

「ああ。俺は君とアイシャさんを助けたことをまったく後悔していない」

「……レヴィンさん」

今の俺は満足感に満ちている。

魔族に人生を翻弄《ほんろう》された二人の神竜。彼女たちを、その魔の手から完全に解放できたからだ。

「レヴィンさん。私、もっと頑張ります！　これからの戦いでは、レヴィンさんとエルフィちゃんを必ず守りますので……!!」

「ありがとう、スピカ。そう言ってくれると俺も心強いよ。よろしくな」

やる気満々のスピカの頭を撫で、俺はこれからの決戦に思いを馳《は》せる。

大事《おおごと》になってきたが、セキレイを蝕む呪いはなんとしても解いてみせる。

俺は改めて、気合を入れた。

第五章

「中止！　中止、中止だよ!!　レヴィン、さすがに危なすぎる。竜大陸で待機していて！」

俺の気勢を削ぐように、アリアによって覇王との戦いを禁止された。

「なんでだよ、アリア」

「嵐の中に突っ込むどころの話じゃないもん……覇王は凄く強くて、世界を滅ぼしかけて、怖いんだよ？」

なんとも語彙力《ごいりょく》に欠けた説得だ。

そう言われても……セキレイの人たちの苦しみを知ってしまった以上、ここで退くわけにはいかない。

「アリアだって、呪いをなんとかしたいって言ってたじゃないか。あれは嘘だったのか？」

「その決意は変わってないよ。でも……レヴィンを行かせるかは話が別。私だけで行く」

「それこそダメだって。覇王は強いんだぞ？　世界を滅ぼしたんだぞ？　怖いんだぞ？」

「でも、またレヴィンがあんなことになったら……また死んじゃったら私……！」

あんなこと……？

「待ってくれ、アリア。急になんの話だ？」

「なんの話って……えっ、私、何か言った？」

「言ったな。『あんなこと』とか、『また死んじゃったら』とか」

まさか俺たち、立ちながら夢でも見たのか？

俺が首を傾げるのと同じくらい、アリアも首を傾げている。

「分かんない。咄嗟に口をついて……でも、レヴィンは昔から無茶ばかりしてたから、多分そのことだよ」

「無茶って言うけど……覚えてないんだよな」

「本当に？　レヴィンは小さい頃から――」

幼い頃の俺がいかに危なっかしかったか、アリアが捲し立てる。

そういえばこの会話って、セキレイに行く前もしたような……

「――とにかく、レヴィンはすぐに無茶をするから、今回は反対だよ……」

「だけど、アリア。俺はどうしても呪いに苦しむカエデさんたちを放っておけないんだ。エスメレから聞いたが、星蘭さんはもうすぐ寿命で命が尽きてしまう。ようやく再会した二人がそんな目に遭うなんて、嫌だろ？」

「それは……でも……」

「どのみち、ここで覇王の残滓を破壊できなかったら、その呪いはセキレイの外まで広がるはずだ。今のうちにあれを倒せるように、全力を尽くさないと」

瑠璃静から聞いたのだが、どういうわけか神竜の力は覇王に対して強く対抗できるらしい。だから《聖獣使い》《ホーリーテイマー》であり、エルフィの力を借りて【竜化】できる俺が行くべきだ。

この戦いではかなりの戦力になれるはずだ。

「それなら……私はずっとレヴィンの側にいる。どんなことがあっても、レヴィンを守るから」

アリアの目は本気だ。

こうなったら俺の側にぴったりとくっつき、離れないようとしないだろう。

彼女には臨機応変に他の人たちの援護に向かってほしいのだが……

「分かった。それじゃ、俺のことはなんとしても守ってくれよな。エルフィの力を借りられるとはいえ、アリアほど戦い慣れしてないからさ」

「うん。必ず守ってみせるから」

アリアの言う通り、今回の危険はこれまでの比じゃない。

俺は改めて気を引き締めて、決戦の日を待つのであった。

◆　◆　◆

レヴィンたちが決戦の準備を始めて、二ヶ月が経った。

かつて人類を滅ぼそうとし、その後はセキレイを千年にわたって苦しめた元凶を退治する。

その作戦の困難さを考えれば、あまりにも短い期間であったが、レヴィンたちはなんとか災厄に対抗しうる戦力を整えた。

「凄まじいことになってるな……」

竜の姿になったエルフィに乗り、レヴィンはセキレイの上空を飛行する。

竜樹から赤い瘴気が勢いよく噴出し、セキレイの空をまるで血のような赤一色に染め上げている。

セキレイ各地では、覇王の復活に呼応するように、邪悪な妖怪が大地を蹂躙していた。そちらは現在、アーガス率いる猩々、そしてレヴィンと【契約《テイム》】している魔獣が対処している。加えて、カエデを除いた月の氏族や、星蘭の要求に従ったゴウダイ率いる牙の氏族の奮闘もあり、なんとか抑え込めている状態だ。

さて、今回の作戦ではレヴィン、エルフィ、アリア、エリス、スピカといった竜大陸の面々に加え、カエデが覇王の残滓と対峙する。

星蘭はゴウダイとの戦いで気を失ってからこんこんと眠り続けており、助太刀は望めない。つまり、現状可能な最大戦力がこれらの面々だった。

「申し訳ありません、レヴィンさん。私に残された力はほとんどなく……」

瑠璃静は、ここ二ヶ月の間、外部から封印を抑え付けてきた。

そのため、彼女は力を消耗している。

「大丈夫だ。あとは俺たちがなんとかしてみせる。相手は覇王の残滓。とても厳しい戦いになるかもしれないけど、それでも……」

レヴィンが終末の獣が封じられた竜樹を睨みつけた。

ほどなくして、積乱雲の柱……結界からおぞましい瘴気が発せられた。

「どうやら来たようだ。リントヴルム、備えてくれ」

「承知いたしました」

レヴィンがリントヴルムに呼びかける。その直後、赤黒い泥《どろ》が雲を突き破って噴出した。

まるで大津波のようにレヴィンたちへ押し寄せる。

「なんだあれは……!? さすがに大きすぎるだろう……」

数十メートルはあろうかという泥の波。とても人の手に負えるものとは思えない。

それがレヴィンたちを呑み込もうとした瞬間、無数の光の鎖《くさり》が現れた。

これは黒星が考えた作戦だ。この光る鎖には一時的に赤煉ヶ原の瘴気を浄化する力がある。

鎖が泥に突っ込み、激しく輝く。眩い浄化の光が収まると泥の波が消え、大地には四足《よつあし》の獣が残される。

「あれが終末の獣……なのか？　まるで……」

泥でできた犬の人形のごとき見た目だ。

目のような三つのくぼみと、二つの尻尾を持っている。

どこか可愛らしい外見だが、その身体から発せられる禍々しいオーラは本物だ。

「主殿、あとはお任せください」

頼もしい言葉と共に、終末の獣めがけてリントヴルムがブレスを浴びせた。

その破壊力は凄まじい。以前よりもはるかに強力になったそれは、リントヴルム……そして竜大陸が力を取り戻している証拠と言えた。

ブレスによって獣を象《かたど》った泥が剥がれ落ち、内部から紫の禍々しい玉のような物体が露出する。

瑠璃静が飛び上がり、レヴィンのもとに駆け寄った。

空の上、リントヴルムに向かって大きな声で叫ぶ。

「あの玉こそが覇王の肉体を守る繭《まゆ》です！　あれは言わば覇王の防衛本能……破壊しなければ、肝心の本体には攻撃できません！」

「では、もう一撃！」

再びリントヴルムがブレスを放つ。

しかし魔力の障壁が展開され、それを遮った。

「こちらの攻撃を学習されている……!?」

レヴィンが悔しさをにじませる。

繭の周囲に泥が集まり、あっという間に終末の獣の身体を再構成してしまった。泥がなくならない限り、終末の獣は再生し続けるだろう。

「主殿。これで終わりではありません。まだ、奥の手が残っておりますゆえ」

「奥の手？」

レヴィンがリントヴルムに聞き返すと同時に、空……否、竜大陸から巨大な鉄の塊《かたまり》が降ってきた。

それ燃え上がるような紅蓮《ぐれん》の甲冑《かっちゅう》を纏った、鋼鉄の巨人だった。

巨人が大太刀を振るい、終末の獣を叩き割った。

「な、なんなんだ……」

「フハハハハ！　レヴィンくん、また会ったね。私だ、はやてだよ」

どこからともなく、はやての声が聞こえてきた。

彼は黒渓城塞をまとめる犬頭の妖怪だ。ここにいるはずがないが……

「やあやあ、なんとか間に合ってよかったよ！　レヴィンちゃん、見て見て。どうだい、凄い魔導《まどう》人形《にんぎょう》だろう？　中にはね、はやてちゃんとゆいちゃんとれっどらちゃんが乗ってて、巨人を動かしているんだ」

ワイバーンに跨った白星が、嬉しそうに話しかける。

「えっと、あれは一体……」

なかば呆れて尋ねるレヴィンに、彼女は意気揚々と答えた。

「いやぁ、とってきのプロジェクトが終わってよかった！　あれは私が発掘して、よみがえらせた鉄の巨人なのさ！　ちなみに、材料はリントヴルムちゃんに分けてもらったの。ついでに、クローニアの姫様とか猩々の建築家さんとか……いろんな人の手を借りた甲斐があったな～」

「いつの間にそんなことに……？」

レヴィンの知らないところで、奇妙な協力態勢が敷かれていたらしい。

全ては主の苦労を憂慮《ゆうりょ》した、リントヴルムによる采配である。

またしても復活を遂げた終末の獣は、逃走を図ろうとした。

「おう、あの犬っころ逃げ出すつもりだな。周囲の泥はもうほとんどないから、再生もこれで最後だろ。お終いにしてやろうぜ！」

今度はガシャドクロのれっどらの声が響いたかと思うと、驚くことに巨人が変形して、二輪の乗り物のような形状となった。

「名付けてバイクモードだよ。ちなみに、あのモードの時はれっどらちゃんが操縦者《そうじゅうしゃ》だね」

「な、なるほど……」

それからバイクは瞬く間に終末の獣に追いつき、巨人の姿に戻って羽交い締めにした。

「それじゃあ、ゆいちゃん！　とどめをお願い」

「了解。【聖竜砲《せいりゅうほう》・改《かい》】を使うわ！」

巨人の腹部の鎧が剥がれ、中から砲塔が現れる。そして、その先端に膨大な魔力が収束していった。

やがて凄まじい魔力の砲撃が放たれた。その攻撃は終末の獣を貫き、繭さえも消し飛ばす。

これで終わったのか……？　一行がそう考えた時だった。

「ふむ……久々の外の空気だ。幾星霜《いくせいそう》を経ても、愛する故郷の風に変わりは……って、なんだ？この真っ赤な大地は？　すっかり変わり果てているではないか!!」

地上に降りたレヴィンとエルフィの目の前に、角を生やした長身の男性が立つ。

長い黒髪をなびかせ、その視線は鋭い。細身だが鍛え上げられた肉体だ。右手に刃が欠けボロボロになった刀を握っている。

「あなたはまさか……？」

その姿を見て、カエデが呆然と呟いた。

「その角……我が裔《すえ》か？　なんとも立派なものだ。こうして相対しているだけで、力の波動をひしひしと感じる」

感慨深そうに男性が言うのを聞いて、その場のほとんどの者たちが首を傾げる。

「カエデさん、この人を知っているのか？」

いまいち事態を呑み込めず、レヴィンはカエデに問いかけた。

「あの方は初代鬼王。覇王に挑んだ十二の英雄の一人だ」

「なんだって……？」

男性――初代鬼王がゆっくりとレヴィンのもとへ歩いてくる。

敵意はまったく感じられないが……アリアとエリス、スピカがレヴィンたちを守るように立ち、臨戦態勢を取った。

「まずは名乗るとしよう。我こそはかつて滅びを食い止めるために、『虚無《きょむ》の王《おう》』に抗った十二の英雄の一人で……」

「な、なんだ。急に黙り込んで？」

初代鬼王が困ったような顔をする。

「うーむ……名乗ろうとしたんだが、名を忘れてしまった。もう長いこと、名乗っていなかったからな」

「え、えぇ……」

「なんだか、おかしな英雄だね……」

エリスとアリアが呆れた顔をした。

「まあよい。其方《そなた》らの健闘を讃えるとしよう。虚無の王の外殻をよくぞ打ち破った。これで、其方らは滅びに抗う資格を得た。かつてやつと戦った者としてこれほど嬉しいことはない」

「待ってくれ。虚無の王って　覇王のことだよな？」

レヴィンが確認すると、初代鬼王はさらっと言い放つ。

「然《しか》り、竜の喚び手よ。かつて我は友である黎帝の力を借り、神樹に覇王の残滓を封じ込めた。そして、やつを滅ぼさんと幾星霜にわたって戦い続けていたのだが……あろうことかやつは、我と黎帝の力を喰《く》らい、己が身の一部としたのだ。今はかろうじて我が意識が表に出ているが……この身を滅ぼすことは、竜の力か熾天《してん》の力を得た者にしか為しえないだろう」

「頼む。もっと分かりやすい言葉で話してくれ。『してん』ってなんだ……？」

「……まあ、つまりはＳ級天職を得た者のことだ……ッ、我が裔と異邦の友人らよ。どうか、この我を討ってくれ……」

そう言った瞬間、初代鬼王はがくりとその場に倒れ込んでしまった。

「……無理して教えてくれたみたいだな。みんな、準備はいいか？」

「もちろんだ。当代の鬼王として、今こそ力を発揮しよう」

「レヴィンさんとエルフィちゃんは、必ず、私が守ります……！」

カエデとスピカをはじめ、一同は気合十分だ。

初代鬼王――否、覇王ががゆっくりと起き上がる。

「封印の解除及び複数の敵性体を確認……では、始めるとするか」

同じ肉体だというのに……まったく別人の声がして、戦闘が始まった。

覇王が先手を取る。

神竜、そして初代鬼王の力を奪ったからか、その強さは異次元だ。嵐のように激しく、正確無比な剣舞でレヴィンたちを容易《たやす》くあしらう。

風のごとき速さで一行を圧倒していった。

「これが初代様の剣技……？　見切るので精一杯だ……!!」

この場の誰よりも武術に通じているカエデでさえ、拮抗《きっこう》することしかできない。

当初はレヴィンの横に控えていようとしたアリア。しかし、心優しい彼女は他人の窮地を見逃しはしない。

覇王の猛攻を前に、大切な人のもとを離れて本格的に戦いへ身を投じる覚悟を決める。

「レヴィン、無茶だけはしないでね……！」

「ああ……だけど、本当に勝てるのか……？」

レヴィンたち竜大陸の面々は、回避と防御に専念するばかりだ。

初代鬼王の身体を奪った覇王の剣技は凄まじい。

「まるでレグルスと戦った時みたいだ……」

強敵との戦いを思い出し、レヴィンが唇を噛む。

クローニアの《剣皇《けんおう》》レグルスはS級天職の持ち主だ。そんな彼は同じS級のアリアとエリスを容易にいなした。

長年の鍛錬から得られた経験の差……初代鬼王、もとい覇王にも同じことが言えた。

「くっ……レグルスがいてくれればよかったのに！」

ひょんなことから、レヴィンたちはレグルスと交友を持っている。

しかし、クローニアの英雄である彼が参戦するには議会の承認が必要だった。凄まじい能力を持つ以上、軽々に異国へ派遣するわけにはいかないのだ。

「レヴィンさん、いない人をあてにしてもしょうがないです。たとえ私たちだけでも、死力を尽くして戦い抜きましょう」

「エリスの言う通り」

エリスとアリアが気合を込めると、背中から魔力の翼が生えた。

「分かってる。俺も、なんとか二人についていく……！」

レヴィンはエルフィと手を繋ぎ、彼女の力を借りた。

戦う力を持たないテイマー。しかし、相棒と心を通わせると、その力を何倍にも引き出すことができる。

自らも【竜化】し、レヴィンは覇王に迫った
直後、覇王が凄まじい量の魔力を身に纏う。

レヴィンたちの力に呼応するかのように、さらなる力を引き出したのだ。

「まさか、まだ手加減しているというの……!?」

カエデの顔に焦燥が浮かび、口調に素が交じる。

先ほどまででも苦戦していたというのに……これ以上強くなったら手に負えない。

しかし、ここで退くわけにはいかない。

「だがっ……速すぎる……！」

先ほどよりいっそうスピードが増した剣撃に、レヴィンたちはその場に釘付けにされた。

このままではジリ貧だ。

「なんとしても、ここで倒さないと……」

実戦経験が薄いレヴィンは攻撃をかわしきれない。

いくつもの傷を作りながら、それでも気合で前に出る。

「ダ、ダメ、レヴィン……！　無茶しないで……！」

アリアが制するが、レヴィンは無視した。

一か八か、狙うは捨て身の攻撃しかない。そう考えたレヴィンが全身の力を込めた時だった。

「まずは一人……」

覇王の剣がレヴィンの首めがけて振るわれた。

「ダメーー！」

咄嗟にスピカがその体を突き飛ばした。

「きゃぁあああああっ!?」

スピカは覇王の斬撃をまともに食らい、背中を深く斬り裂かれた。

「……ッ。レヴィンさん、この人は強すぎるので。だから私も奥の手を使います……！」

そう言った途端、スピカの全身が黒い模様で覆われていく。

「一つ、気付いたことがあるんです。このセキレイの呪いは、私にとって馴染み深いものだって……だから、この地に満ちる呪いを吸い上げて……っ……ぁ……あああああああああああああ!!」

苦痛に苛《さいな》まれ、スピカは絶叫した。

魔族によって母を人質にされていた時、スピカは怒りと憎しみの感情から、神竜の呪いを発現させた。

今のスピカはあえて呪いを受け、自らの力をより引き出そうとしていたのだ。

「ダ、ダメだ……そんな……そんなことをすれば、君の身体が……!!」

「そうだよ、スピカ。そんな馬鹿なことしないで！」

レヴィンとエルフィが必死に止めたが、スピカはどんどん周囲の呪いを吸い上げた。

「……大丈夫。必ず、この人を倒しますので……！」

スピカの赤い鱗が痣に覆われ、黒く染まる。

何か言いかけた覇王に、スピカが一撃を入れた。

「……深化《しんか》するとは――」

「グッ……！　行ける……これなら……!!」

呪いの力を吸収したことで、スピカの身体能力は何倍にも増幅されていた。

勝ち筋が見えたスピカは、短期決着を狙って爪を振るう。

しかし、レヴィンの表情は晴れなかった。

「このままだと、呪いに呑まれてスピカがスピカじゃなくなる……！」

圧倒的な力を見せるスピカだが、こうしている間にも思考が負の感情に呑まれていく。

「早く……早く死んでよ……！」

今のスピカはセキレイの呪いを吸収した危険な状態だ、力を振るうたびに、激痛が襲う。

覇王がよろめいた。

刹那《せつな》、スピカが爪を振り上げた。

「殺す……必ず……死ね……!!」

「ダメだ……！　罠だ！」

「え……？」

スピカの一撃を覇王が軽々と避け、ニヤリと口元を歪ませた。

先ほどの隙は覇王のブラフであった。大きく隙を見せたスピカの首を狙い、斬撃が迫る。

大振りな攻撃を外したせいで、スピカは体勢を立て直せず、思わず目を瞑った。

「させない！」

駆け出したレヴィンが剣を片手に斬撃を防ぐ。しかし無理にかばったせいか、うまく衝撃をいなしきれなかった。スピカごと地面に叩き付けられてしまう。

覇王は追撃する手を緩めない。冷酷な視線で二人を見下ろして刀を振るう。

覇王の持つ膨大な魔力が込められた強力な一撃だ。喰らえば並みの人間では跡形もなく吹き飛んでしまうだろう。

無駄だと悟りながらレヴィンが防御の構えをとったその瞬間……

「かはっ……！」

アリアが身を挺《てい》し、レヴィンをかばった。

「え……？」

鮮血《せんけつ》がかかり、レヴィンが言葉を失う。

胸を刺し貫かれながらも、アリアは微笑んで見せた。

「やっぱり、正解……だった」

「アリアに、な、なんてことを！」

大剣を振るい、エリスが覇王を引き剥がす。

レヴィンは慌ててアリアのもとに駆け寄った。

「本当……は……障壁を張って……かっこよく……助けたかったん……だけど間に合わなくて……なんだか……間抜けだね……」

「馬鹿……！　そんなわけあるか……!!」

「そ……かな……？　なら……よか……」

その言葉を言い切る前に、アリアの身体から力が抜けた。

「ぁ……っ……」

レヴィンの口から、言葉にならない声が漏れた。

その隙を覇王は見逃さなかった。エリスを押しのけ、隙を見せた敵を討とうと動く。

覇王の刀がレヴィンを襲い……彼はあっけなく地面に倒れた。


赤煉ヶ原を絶望が覆った。

「そんな……ママ……アリア……！」

覇王の一撃を受け、レヴィンとアリアの血で大地が濡れていく。

「あ……あ……そんな……こんなことって……」

慟哭するエルフィ。エリスもまた膝をつく。

二人の仲間を失い、戦況は絶望的だ。

「これが人間の限界だ。無謀にも我に挑み、大局を見ることなく、無駄死にをする」

レヴィンの身体を弄《もてあそ》ぶように、覇王がその頭を踏みつけた。

「ああああああ!!」

それを見て、エルフィが力任せに突貫《とっかん》する。

「哀れな。こうも容易く心を乱すとは」

「っ……ぁ……」

衝動に任せた一撃はあっさりと止められ、覇王はエルフィの首を掴み上げる。

彼女のその頬には黒い模様が浮かんでいた。

神竜は強大な力を持ちながらも心優しい気質だ。しかし憎悪に呑まれてしまうと、より強くなる代わりに周囲に呪いを振りまく、おぞましい存在に成り果ててしまう。

エルフィに浮かんだ黒い模様は、その前兆となる痣だった。

「神竜は愚かだ。情などという低俗な衝動に翻弄され、容易に道を踏み外す。だからこそ御《ぎょ》しやすい……この娘も貴様の仲間だろう？　次に殺すのはこいつにしよう」

エルフィを雑に放り投げた覇王がエリスを狙う。

即座に応戦しようとするが、覇王は目にも留まらぬ速度でエリスに迫り、次の瞬間には彼女の大剣が宙を舞った。

かわせない……エリスが覚悟したその瞬間、なぜか彼女は聞き覚えのある声を聞いた。

「妹に手を出すのはよしてもらおう」

「えっ……？」

エリスがぽかんと口を開くと、怒りのこもった右ストレートが覇王の脳天を揺らした。

「ぐおおおおっ……！」

殴り飛ばされた覇王は、何度も何度も地面を転がりながら、近くにあった遺跡の壁に叩き付けられる。

予想していなかった乱入者の、想像を超えた一撃にエリスは困惑する。

「に、兄様⁉」

救援に現れたのは、眼鏡をかけた赤髪の青年——ユーリであった。

「顔を上げろ、エリス。まだ脅威は去っていない」

「だ、だけど、レヴィンさんとアリアが……」

エリスが涙ながらに訴えると、何者かの声がした。

「戦いの場において、味方の死を引き摺っている暇などないぞ！」

覇王の頭上を何者かが鮮やかに舞った。そして落下のエネルギーをありったけ乗せた、稲妻のように鮮烈な蹴りをお見舞いする。

「ぬぐおおおおお!!」

再び吹き飛ばされた覇王が悲鳴を上げた。

「レ、レグルスさんまで？」

さすがのエリスも驚く。

絶望的な状況の中、来られるはずのない男……レグルスが目の前にいたからだ。

「遅れてしまったな！　だが我々が来た以上、必ず勝機を見出してみせよう！」

「もう少し早く着けば……いや、今は目の前の戦いに集中するぞ」

自分をかばうように立つ兄を見て、エリスは思わず尋ねた。

「どうしてここに!?　そ、それにその恰好は……って、クローニア騎士団を離れてよいのですか!?」

「フッ。何を言っている？　お前が考えるべきことはそこではない。敵から目を離すな、エリス。これはいわば……いわば……？」

ユーリが言葉に詰まる。

どうやら、いい言葉が浮かばなかったようだ。

「まったく……締まらんな。騎士の鼓舞《こぶ》とはこうするものだ……エリス殿！」

レグルスがエリスに呼びかけ、さらに続ける。

「そこの鬼人族の剣士にエルフィ嬢。赤竜の娘も、しゃきっとするがいい。今ここで、私たちが騎士の戦い方を見せてやろう。見て覚えるがいい！」

「フン。随分と脳筋だな」

「お前だって似たようなものだろう」

頼もしい二人の騎士は、瞬く間に戦場の空気を変えた。

◆　◆　◆

「ここは……？」

目を覚ました時、俺——レヴィンは何もない真っ白な空間にいた。

「俺は今まで何を……？」

うまく記憶が呼び起こせない。

しかし……

「なんでだ……なんで、こんなに涙が溢れてくるんだ……？」

何も思い出せなくても、心の中に空いた喪失感ははっきりと感じ取れた。

とても恐ろしく、悲しい出来事が起こったのだ。

「アリア……」

自然と大切な幼馴染の名が口をついた。その時だった。

「レヴィン、聞こえますか？」

どこからか女性の声が響いてきた。

とても澄んだ声で……どこか懐かしさを覚える。

「だ、誰だ？　一体、どこに……」

周囲を見回しても、姿は見当たらない。

「まずはあなたとアリアに感謝を……あなたたちは私の命の恩人です」

「恩人って……」

俺の頭の中に幼少期の記憶がよみがえる。

いつものように森で泣いているアリアを迎えに行き、ルミール村へ帰る途中……俺たちは地面に倒れ伏す美しい一人の女性と出会った。この声は、あの時に出会った人のものだ！

眼の前に光が収束し、女性の姿を象る。

背にはもはや見慣れた翼――神竜の翼が見えた。

「覇王が残した肉体の一欠片、それを滅《めっ》するために戦っていた時……力及ばず、私は敗北を喫《きっ》しました。命を奪われんとしたその時、あなたとアリアが通りがかったのです」

「ああ……思い出したよ。なんとかしなきゃって思って、二人で走って……そしたら……」

脳裏にその時の苦痛がよみがえる。

女性を守るため、考えなしに魔獣（彼女によれば覇王の残滓だったのだろう）の前に飛び出した結果、俺とアリアは敵の攻撃をまともに食らってしまった。

……そして一度、命を落としたのだ。

「一瞬生まれた隙を突き、私は覇王の残滓を滅することができました。ですが、そのために小さな勇者二人の命を代償にするなんて……ですから私は自らの命を捧《ささ》げ、あなた方を生き返らせたのです」

徐々に記憶が鮮明になっていく。

この女性は、地面に横たわる俺たちを見てずっと泣いていた。

「その時の記憶を今まで忘れていたのは……」

「命を落とした記憶など、子どもの身では抱えきれません。だから私が消しました。アリアの方は、あなたを想う力が強く、部分的に覚えていたようですが……あの時も、こうしてこの空間でお喋りをしたのですよ」

女性が懐かしそうに目を細める。

「生き返らせると言った時、あなたたちはならば私の悲願を叶えると約束してくれました。今も大陸に残る覇王の残滓と、その眷属である魔族を滅してくれると。巡り巡ってあなたは私の娘と出会い、こうして覇王の残滓の一つと相対しました」

「ああ。だけど、すみません。俺とアリアはもう……」

話しているうちに、ここに来る直前の記憶が鮮明になってきた。

覇王の攻撃によって、俺とアリアは致命傷を負った。

もはや死にゆくのみだ。この人との約束は果たせそうにない。

「いいえ、あなた方には私の加護があります。決してそのような運命を辿らせません。さあ、時間です。あるべき場所にお戻りなさい」

女性の言葉と共に、周囲に温かな光が満ち始める。

瑠璃静の精神世界でも見たあの光だ。あれはこの人の力だったのか……って！

「ま、待ってくれ。名前を……あなたの名前を教えてくれ！」

ここまで助けてもらっておいて、名前一つ知らないままなんて嫌だ。

俺が慌てて尋ねると、女性はそれもそうですねと言いたげに微笑んだ。

「――私の名はエルフィ。あなたに預けた娘の名は、私が贈ったものです……どうか娘をよろしくお願いします」

◆　◆　◆

一方、戦場では覇王が膝を折っていた。

「ふむ……見事なものだ。そちらの二人は、武勇に関しては生前の我を凌駕《りょうが》しているだろう」

レグルスとユーリの猛攻で、覇王の意識に隙ができ、初代鬼王と切り替わったようだ。

レグルスたちの剣の腕を称えているのは、初代鬼王の意識だ。

「ユーリ。こいつ、さっきと性格が変わってないか？」

「そのようだな。理由はさっぱり分からんが」

「我が裔と異邦の友人、竜の娘たちも見込みがある。いずれ次代の英雄として、覇王を完全に滅することができるはずだ」

初代鬼王がゆっくりと立ち上がり、自らの首を示す。

「さあ、一思いにやるがいい。この肉体ごと、覇王の残滓を滅ぼすのだ」

レグルスが聖剣を手に初代鬼王に迫る。

しかし――

「させぬ……させぬぞ……！　こんなの認めぬ……！」

覇王が意識を取り戻し、後退《あとずさ》った。

「往生際《おうじょうぎわ》が悪いな!!」

レグルスがとどめを刺そうとする。

しかし、それよりも早く、おびただしい量の赤い瘴気が集い、聖剣の一撃を阻んだ。

「フフ……まさかこの姿を見せることになろうとは……力がみなぎっておるわ」

初代鬼王の身体が変貌していく。

禍々しい竜の翼、鋭利な爪、屈強な両脚、そして硬い鱗……太くたくましい尾まで揃え、その姿はまるで神竜族のようだ。

レグルスとユーリの攻撃を、覇王がいなす。エリスも加勢したが、余裕の表情は崩れない。

「待って。どういうこと……どうして覇王が私たちと同じ姿に……？」

エルフィが困惑する。

神竜族がかつて争い、滅ぼすことを使命とした者が覇王だ。

それがなぜか、竜の力を秘めている……エルフィにとって、理解ができない状況だった。

「フッ……おめでたいな。我が子孫共は、正しい歴史を知らぬのか？」

「子孫……？」

「そうだ。我こそは原初の竜。貴様たち神竜族の始祖《しそ》なのだ」

「嘘……そんな……」

エルフィが絶句する。

「貴様……神竜の姫だな？　愚かな我が娘よ。貴様には跡を継いでもらうぞ」

「何を言って……」

覇王が一瞬で移動し、レヴィンの身体を掴み上げる。

「トドメを刺したものと思ったが、かすかに息があるか……見よ、剣を放しもしないぞ。存外しぶといものだな、人間というのは」

覇王の尾が割れ、中から鋭利な棘《とげ》が伸びる。

「だが、それならそれで好都合というもの。じっくりとなぶり殺しにしてやろう。我が娘よ、貴様は絶望の果てに正気を失い、深化を迎えるのだ」

「……誰が、誰の娘だって？　黙って聞いていれば、勝手なことを言うな！」

戦場にはっきりとした声が響く。

レヴィンは右手に握った剣を思い切り振りぬき、覇王の身体を斬り裂いた。

◆　◆　◆

「ぐおおおおおおお!?　う、腕が腕がああああああ!?」

「覇王のくせに、随分と情けない声を出すんだな……」

俺——レヴィンは地面に着地すると、剣に付いた血を振り落とす。

「ママ……生きてたの？」

「勝手に殺さないでくれ。ぴんぴんしてる」

俺は大げさにその場で飛び跳ね、無事であることをアピールする……死にかけたところを、俺の中に残ったエルフィさんの力が治癒してくれたようだ。

どうやらかなり心配をかけたようで、エルフィが瞳に涙を浮かべる。

「で、でも、アリアが……」

「アリアも大丈夫だ。じきに目を——」

「ふわ～あ。よく寝た」

呑気にあくびをして、アリアが意識を取り戻した。けろっとした表情で立ち上がり、俺の隣に並ぶ。

「ア、アリア！　レヴィンさんも!!」

エリスが勢いよく駆け出し、俺たちに抱き着いた。

「うおっと。エリス、心配をかけたな」

「ごめん。ちょっと寝ぼけてた」

「心配させないでくださいよ～！　私、二人は本当に死んでしまったものだと……!!」

エリスがさめざめと泣いている。

「うぅ……私も！」

エルフィも交ざり、俺たちは再会を喜んだ。

「生きていたのか、レヴィン殿。安心したぞ!!」

レグルスが腕を組んで頷く。難しい顔をしていたユーリ殿も表情を緩めた。

「フン。もしエリスを悲しませるなら、地獄の果てまで追いかけてこの世に生まれたことを後悔させようと思っていたところだが……命拾いしたな、レヴィン殿」

「二人共、助力ありが――待ってくれ……その浮かれた格好はなんだ？」

レグルスとユーリ殿の服装に、感謝の言葉が吹っ飛んでしまう。

二人はアロハシャツと呼ばれる南方にある常夏《とこなつ》の国特有の派手なシャツと短パンをまとっていた。

レグルスに至っては、いつもの仮面代わりに大きなサングラスをかけている。

完全に観光気分だ。

「我々はセキレイへ観光に訪れただけだ。北に何やら奇妙な赤い大地があったので、物見遊山としゃれこんでいたら、偶然この場に出くわしたというわけだ」

しれっとした顔でユーリ殿が話す。そういう体《てい》で救援に来てくれたのか……？

「……誰もあの格好、突っ込まなかったのか？」

「その、お二人が死んだと思って、それどころじゃなくて。むしろ、私たちがこんなに悲しんでるのに、空気を読まない格好で少しイラッとしたと言いますか……兄様たちのおかげで助かったので、本当に感謝はしているんですが……」

「待て、エリスよ。この間抜けはともかく、兄である私のことまでそんな風に思っていたのか？」

大切な妹にすげなくされ、ユーリ殿が意気消沈《いきしょうちん》しているが……これについては、フォローのしようがない。

「ええい。何をほのぼのと……くだらない茶番はいい加減にしてもらおうか」

片腕を失った覇王が、ゆっくりとこちらに歩いてくる。

「しつこいやつだな。そろそろ決着をつけてやる」

俺は剣を構え、覇王を睨みつけた。

「フン。たかがテイマーごときが思い上がるなよ。先ほどは後れを取ったが、今度はやられんぞ」

「そうはいかないな。今の俺は復活したボーナスで、力がみなぎってるからな」

覇王に言い返していると、カエデさんが前に出てきた。

「すまない。ここは私に任せてほしい」

「カエデさん？」

「先ほどまで、私はどこかでこの化け物に勝てないと思い込んでいた。外の国からの助力を得たにもかかわらず、無気力に戦闘を眺めるばかり……諦めが身体を鈍らせ、剣筋を曇らせていたのだ」

そう言って刀を構えるカエデさん。全身から闘志がにじみ出ている。

「私は自分が恥ずかしい。セキレイに伝わる剣術は、初代鬼王が遺したものと言われている。そのうえ、月の氏族に伝わる名刀を預かった身でありながら、仇《かたき》を前に諦めるとは……私の戦いはこの日を迎えるためにあったのに！」

「小娘が。そんななまくらで――」

嘲笑する覇王に、カエデさんは言葉ではなく剣で応えた。

月夜を思わせる、誰にも気取られない静謐《せいひつ》な一撃……覇王の肉体に深い傷を負わせる。

「な……我が見切れなかっただと……？」

「いかに身体が優れていようと、初代様の剣技を知っていようとも……それは全て上辺のものにすぎない。覇王すでに、恐るるに足らず!!」

自らを鼓舞するように、カエデさんが叫ぶ。

そのあとの結果は言うまでもないだろう。

カエデさんの鮮やかな剣舞を前に、覇王はあっさりと膝をついた。

「我が負けた……だと!?　ぐっ……」

「フハハハハ、無様だな虚無の王よ！」

肉体の主導権を取り戻したのか、初代鬼王の声が響く。

「どれほど強力な力を持とうと、千年に及ぶ人の研鑽《けんさん》をなめるな！　やはり、後世に討伐を託した判断は正しかった。さあ、カエデ！　我が裔よ!!　今度こそ、我が首を刎《は》ねてくれ！　この醜悪な獣による苦しみの連鎖を終わらせよ！」

カエデさんの剣は迷いなく振り下ろされたが……

その瞬間、鬼王の肉体から赤い靄が広がった。

カエデさんが咄嗟に飛びのき、油断なく距離を取る。

鬼王の肉体から抜け出た赤い靄は、人のような形になった。

「ハァハァ……肉体を捨てれば斬撃など怖くはないわ！」

「嘘だろ……どんだけ生き汚いんだ……」

諦めが悪い覇王の残滓に俺は呆れ……そして、気を引き締め直した。

残滓は霊体――ゴーストのようなものへ変化している。カエデさんの物理攻撃では対処ができないかもしれない。

「フン……なんとでも言うがいい。それに、我の真価はこんなものではない。貴様たちに授けた呪い――漏れ出した我が力さえ取り戻せばなァ！　さあ、我がもとへ還《かえ》ってこい！」

覇王の残滓が高らかに宣言した。

……しかし、何も起こらない。

「な、なぜだ!?　なぜ力が……いや、馬鹿な……霊脈と我の繋がりが断たれている。なぜ……なぜだぁあああああああ!?」

「それが僕の秘策だからさ」

そう呟きながら少年……黒星がゆっくりと歩いてくる。

「え……？」

それを見て、俺たちの側にいた白星が驚いている。

「お兄……ちゃん？」

「白星、もしかして記憶が……」

俺の言葉に、白星は頭を押さえつつ頷いた。

彼女は記憶喪失だと言っていた。半信半疑だったが、こうして驚いている様子を見ると……

似たような境遇の二人のシン。二人は兄妹だったのか……

「うん……次々と記憶が戻ってきてるんだ……！　でも、どうして……どうしてこんな大切なことを忘れて……うっ、頭が……！」

白星が頭を抱えてうずくまってしまう。どうやら、記憶が溢れてきているらしい。

こめかみに手を当てながら、黒星が呟いた。

「まだ完全に思い出したわけじゃないけど……でも、これだけは分かる。僕の名は黒星。かつて覇王に殺された、初代星王の息子だ」

黒星が覇王の残滓を睨みつける。

「ええい。貴様らの記憶などどうだっていい。それよりも、我に何をした！　言え!!　言ええええええええええ!!」

「決まっているだろ。君は霊脈を介して、セキレイの民に自分の力を……僕らが呪いと呼ぶものを与えてきた。セキレイ人の魂を傷つけ、己がものにするために！」

いつも軽薄な態度だった黒星が、声を荒らげる。瞳は怒りで満ちていた。

人の魂《たましい》を喰らい、己の糧《かて》にしてきたのか。聞いているだけでも、おぞましい所業だ。

「フン……貴様ら人間をどう扱おうが、我の勝手だ……それよりも、我の力が戻らないのはどういうわけだ！」

「ああ、君が使ってきた霊脈は全て止めさせてもらったよ。いずれ来る決戦の時、追い詰められた君がどんな行動に出るか、分かりきっていたからね」

「馬鹿な……女神が生み出した星の血脈だぞ!?　人間ごときに扱えるはずが……」

「そうだね。だけど母を殺され、途方に暮れた僕は、必ずお前を仕留めると誓った。そして、時間さえあれば人間はどんな偉業《いぎょう》だって為せる。そして僕はずっと、この国で最も星術に長けた人間たちと、君を倒す方法を模索してきた。この術式は、数百代にわたる歴代の星王との研究成果だ！」

勝ち誇る黒星を前に、覇王の残滓が悔しさをにじませる。

「おのれ、おのれ、おのれ……!!　貴様らのような下等生物ごときが……」

「だが、もう万策尽きたんだろう？　いい加減、大人しく消滅しろ」

そう迫った俺だったが、覇王の残滓はどこまでも諦めが悪い。

「ええい、黙れ。貴様らは霊体となった我に干渉できなかろう！　ここは賢く立ち回らせてもらうぞ。我は必ず生き延びて、いつか完全なる復活を――ぎゃあああああああああああ!!」

直後、天から降り注いだまばゆい光の柱に包まれて、覇王の残滓が消滅した。

「星……蘭……？」

カエデさんが空を見上げ、呆然と呟く。そこには俺の相棒の一人……グリフォンのヴァンに乗った星蘭さんがいた。

先の戦いで意識を失い、紅玉山で眠っていたはずなのに……どうしてここに？

ヴァンが着陸し、星蘭さんを降ろす。

「星蘭くん、突然目を覚ましたんだよ。病み上がりなのに赤煉ヶ原に向おうとするから焦ってさー。ちょうど紅玉山の周辺でヴァンくんが妖怪と戦ってなかったら、そのまま走って向かう気だったでしょ」

星蘭さんの肩から飛び下り、エスメレがしたり顔で言った。

「美味しいところを持っていかれちゃったね、ご主人様」

エスメレはからかってくるが、こちらとしては霊体になった覇王の残滓に手を焼いていたところだ。星蘭さんが来てくれて助かった。

「星蘭……！」

カエデさんが星蘭さんに駆け寄り、抱き着く。

「もう……もう、呪いは消えたんだよね？」

「うん。周りを見てご覧、カエデ。赤煉ヶ原って名前を変えないとだ」

覇王の影響が失せたおかげか、血のように真っ赤なマグマが流れていた赤煉ヶ原の大地は、美しい自然を取り戻している。

「……話の流れが分からんが、これはハッピーエンドというやつだな」

「恐らくそうだろう」

アロハ姿のレグルスとユーリ殿がうんうんと頷いている。

彼らについても、助っ人に来てくれて助かった。それは事実だ、事実だが……それにしても緊張感のない格好だ。

「ユーリ殿はともかく……《剣皇《けんおう》》が来ちゃっていいのか？　議会の承認が下りないって話はどうしたんだ？」

気になっていたことを尋ねると、レグルスが衝撃の事実を教えてくれた。

「フハハハハ。騎士団ならつい先日クビになったわ」

「な、なんだって⁉」

「私たちはレグルスの実家の酒場で乱闘騒ぎを起こしたんだ。酔《よ》った勢いで互いに掴みかかり、口汚く罵り合い……店中をめちゃくちゃにした。騎士にふさわしくない、実に愚かな行いだ。降格どころか、職を辞して当然だな」

愕然《がくぜん》としていたら、ユーリ殿までとんでもないことを言っている。

「エリーゼ殿下はたいそうお怒りになってな。次期国王の名の下に、私は解雇されてしまったんだ。

傷心して海外旅行に来たというのに、まさかこんなことになるとは。思ってもみなかったぞ！　フハハハハ!!」

レグルスはユーリ殿の肩を叩いて大笑いだ。つられたのか、無愛想なユーリ殿まで微笑んでいる。

騎士をクビになったというのに、随分と愉快そうだ。

「そういうことにして、助けに来てくれたんだな。俺たちのためにそこまでしてくれるなんて……

正直、感謝してもしきれないよ」

「レヴィン殿にはさんざん世話になったからな」

「ここらで借りを精算しておこうと思ったまでだ」

かくして、セキレイに眠る災厄は祓われた。

大きな達成感を胸に、俺は雲一つない青空を見上げたのだった。

◆　◆　◆

覇王の残滓を滅ぼして数日。俺はセキレイに残り、ある仕事をこなしていた。

「レヴィンさん、資材を集めてきましたよ」

星蘭さんが駆け寄ってくる。

背後には大量の資材を持ったゴウダイが控えていた。

「ありがとう……って、一体どうしてゴウダイがいるんだ……？」

決闘の末、星蘭さんはカエデさんとゴウダイの婚約を解消させた。牙の氏族として、セキレイの危機には力を貸してくれたようだが……こうして、一緒にいる理由はないはず。

「ゴウダイときたら『決闘に負けたから』って言って、あのあとも従うのをやめてくれないんです。東と西の禍根が消えた今、対等な関係になりたいのに……仕方がないので、大変な力仕事を手伝ってもらってます」

「まあ、そういうわけだ……」

ゴウダイが決まり悪そうに言う。星蘭さんに反抗する気はなさそうだ。

なるほど。きちんと筋は通すやつだったらしい。

「とはいえ、再び決闘をすれば間違いなく僕が負けるでしょう」

「どうしてだ？」

「あの時の僕は、寿命を前借りして死期が迫っていました。星辰が死の間際にひときわ強い輝きを発するように、僕ら星王も死が近づくほどに強い力を発揮します。僕は残りわずかな寿命と引き換えに、さらに大きな力を引き出しました。火事場の馬鹿力というやつですね。もうあんなことはできません」

「おいおい……そんなことを言っていいのか？」

星蘭さんの強さのからくりは分かったが……当のゴウダイの前でネタばらしをしていいのか？

ちらりとゴウダイの様子を窺うと、意外なことにやつは首を横に振った。

「星蘭は命懸けで俺を倒そうとした。俺が負けたのは覚悟の差だ。それを無下にするような真似は絶対にしない……羨《うらや》ましいものだ。俺も昔、こいつのようにしていれば……」

「昔？」

「こちらの話だ。気にするな」

そう言われても……まあ、ゴウダイにはゴウダイなりの事情があるのだろう。正直、いけ好かない人物だと思っていたが、星蘭さんと協力するならそれでいい。

「レヴィン殿～！　こちらに物資を確保したぞ。よろしく頼む!!」

カエデさんの大きな声が響く。

俺がこうしてセキレイに残ったのは、東西を分断する大峡谷にあるものを作るためだ。

「それじゃあ、竜樹を使って……」

俺は【仮想工房】の機能を呼び起こし、橋を【製造】した。

大峡谷の上に立派な橋がかかる。

「おお、凄い！」

資材集めを手伝ってくれたセキレイの人たちが感嘆の声を上げた。

黒渓城塞を通れば行き来が可能だが……東西が一つにまとまった今、橋があれだけでは不便すぎる。

こうした橋を大峡谷に作っていくこと。それがセキレイに残った俺の仕事である。

「ふむ。かつて、我が割った大地にこうして橋がかかるとはな」

「うおっ……無事だったんですね!?」

いつの間にか、俺の隣に初代鬼王が立っていた。星蘭さんによれば、大事を取って紅玉山で養生していたそうだ。

「かつて我は、裔の呪いを案じて住む場所を分けた。この亀裂はその時に割ったものなのだ」

大地に亀裂って……どれだけ常識外れの力を持っているんだ？

「だが、こうして呪いが消え、東西の民の交流が再会する日が来るとは。其方には感謝をせねばならぬ」

俺は首を横に振る。

「大げさだよ。竜樹の力を借りただけなんだから」

「今となっては、竜の喚び手の力を持つのは其方だけだ。あまり謙遜《けんそん》するな」

そうは言うが……セキレイの神樹の権限は、全て星蘭さんとカエデさんに移譲するつもりだ。住み慣れた人を追い出してまで、竜の主を名乗るつもりは欠片もない。

「だが、心せよ。竜の喚び手がこの時代に現れたのは偶然にあらず。今回のように覇王の残滓がまたどこかでよみがえるやもしれぬ」

「他にもあんなのが残っているってことか？」

「あくまでも可能性の話だ。それよりも、今は折角の祝いの席を楽しむとしよう。どうやら呪いからの解放と橋の完成を祝《しゅく》して、美酒《びしゅ》が配られているようだぞ。少し拝借してこよう」

初代鬼王、意外と気さくな人だ。

ところが、どこかへ向かおうとした彼の前に立ちはだかる者たちがいた。

「ちょっと、待ってよ」

そう呼び止めたのは黒星だ。すぐ横には白星もいる。

「白星、黒星⁉　二人とも今まで何をしてたんだ……？　捜したんだぞ！」

あの戦いの後、二人は忽然《こつぜん》と姿を消した。

もともと交流があったという、はやてさんと星蘭さんから、「よくいなくなるから気にするな」と言われたが……戦いで助けられた礼も言えずにいたので、気にしていたのだ。

白星が頭を掻く。

「いやあ、ごめんね、レヴィンちゃん。あの戦いで記憶を取り戻したあと、どうしてもやりたいことがあってね」

「白星と再会したことで、僕らは記憶を取り戻したんだ。それで、墓参りに行ってた。僕らの母さんのね」

「そうか……二人の母親は、初代星王だったんだっけか」

二人とも、自分の家族の記憶はさっぱり覚えていないようだったし、肉親に会いたがるのも無理はない。

「まあね。今はもう一つの心残りを片付けに来たんだ。私たちのお父さん、初代鬼王に会いにね」

二人の視線が初代鬼王に注がれる。そうか……父と再会できたのは、せめてもの救いだろう。

それにしても、初代鬼王が父さんか……父さんだって⁉

「初代星王と初代鬼王の子ども、それが白星たちってことか⁉　それならどうしてあの日、声をかけなかったんだ……？」

俺は首を傾げる。

同じことは初代鬼王にも言える。さっき大峡谷ができたエピソードを聞かせてくれたわけだし、白星たちのように記憶を失くしているわけじゃないはず。

なんで教えてくれなかったんだろう。

「……れたと思ったのだ」

深刻そうな様子で初代鬼王が言葉を漏らす。ただ、声が小さくてうまく聞き取れない。

「えっと……なんだって？」

「嫌われたと思ったのだ……！　我にはまったく話しかけなかっただろう⁉　てっきり怒らせてしまったのかと……！」

「えぇ……」

仮にも古《いにしえ》の英雄が、随分と繊細なことだ。

「実は私たちがあの時取り戻した記憶は不完全だったんだ。全てを思い出したわけじゃなかったんだよね～。でも、お墓参りをしてたら『あれ、あの鬼王、私たちのお父さんだったかも⁉』って感じで思い出してさ。お兄ちゃんが『僕もレヴィンくんにお礼を言いたいし、気が向いたら父さんに挨拶しに行こっか』って」

「そ、そんな……扱いが軽い……」

初代鬼王がショックを受けている。笑みを浮かべる妹に、黒星は呆れ顔だ。

「……というのは、白星の冗談だよ。ようやく会えた……ずっと、あれと戦ってたんだね」

「彼奴《きやつ》はお前たちの母の命を奪った仇だからな。必ずこの手で仕留めるつもりだったが、結局はお前たちの力を借りることになってしまった。いや、むしろ誇らしいことか。我が足踏みしている間、お前たちは我と宵《シャオ》と生き別れてなお、あの者に対抗する手段を編み出した。お前たちは我らの誇りだ」

宵さんというのは初代星王のことだろう。

初代鬼王の言葉を聞いて、白星と黒星は黙り込んでしまった。

三人の間に微妙な空気が漂う。

「もう我慢できない……！」

最初に動いたのは白星だった。

彼女は父親の胸に勢いよく飛び込んだ。初代鬼王はそれをそっと抱き留める。

「ずっと、寂しかった……何をすべきか、倒すべき相手は誰か。それは分かるのに、どうしてそう思うのか忘れちゃってるんだ。家族がいることは覚えていても、それが誰か、どんな風に一緒に過ごしてたのかも分からなくて……！　自分がしていることは正しいのか、意味があるのかずっと悩んでた……」

白星たちは記憶喪失だと言っていた。

使命感だけを胸に進み続けるのは、とても不安なことだったのだろう。何かと冗談を言うのは、二人なりの楽しく生きる術だったのかもしれない。

俺は静かに三人の再会を見守った。

しばらくして、初代鬼王が微笑みながら俺を振り返った。

「長生きはしてみるものだ。こうして、我が子と再会できるとはな」

「長生きって次元じゃないけどな」

魔獣ならともかく……鬼人族は人間に分類されるんだ。千年生きるなんて長寿《ちょうじゅ》すぎる。

「我も千年生きる鬼人は聞いたことがなかったが……覇王を封印する際に、人の身を外れたからだろうな。我が子らに関しては……」

言葉を区切り、初代鬼王が黒星を見た。黒星が首を傾げて言う。

「僕らもいまいち分からないんだ。どういうわけか、起きた時から見た目もさっぱり変化しないし」

「それに、少し気がかりなこともあるんだよね。私たちが記憶を失うことになったきっかけが、どうしても思い出せなくて」

確かに……謎は残る。

「きっかけか。一緒に事故に遭ったとか？」

エルフィさんに出会った俺とアリアみたいに……神竜をはじめとする高位の存在に記憶を消された可能性もありそうだ。

「さてな。分からぬことを無理に追求することもなかろう。それよりも、今は我が裔たちの微笑ましい姿でも眺めよう」

鬼王の視線ができたばかりの橋の上に注がれた。

そこでは、カエデさんと星蘭さんが、東西の民を連れて向かい合っている。

「鬼王カエデ殿、僕らを苦しめる呪いはすでに消え去った。これまでは互いに住む場所を分けていたけど、これからはそんな必要はない」

「同感だ、星王よ。今すぐに……とはいかないだろうが、呪いなき世界において我々は共存できる。これから、我々がどうあるべきか、共に模索していこう」

両者が握手を交わした。周囲から祝福の声が上がり、カエデさんの表情もとても柔らかなものになっていた。

彼女の肩からは、呪いの証である痣がすっかり消え去っており、この国を苦しめてきた元凶が滅んだことを実感させる。

ふと、星蘭さんが穏やかな口調で、カエデさんに尋ねる。

「ところでカエデ、君の気持ちを聞いてないんだけど」

「な、なんのことだ、星蘭……」

「昔から君のことが好きだった。僕はゴウダイとの果たし合いに勝利して、君に求婚する資格を得ている。だからこれからは、互いに足りないところを支え合い、一緒に歳を取っていけるような関係になりたい。どうだろう？」

「そ、それは……その……」

カエデさんが赤面する。

すでに二人を阻む障壁は存在しない。カエデさんが鬼人族の長であることは、返事を保留する理由にはならないのだ。

「そ、その……私も……星蘭のことが好き……だと思う」

「だと思うって何さ。もっとはっきり返事を……いや、今はいいか。これからの僕たちにはたっぷり時間があるからね」

「これで満足しておこう」と星蘭さんは笑った。

セキレイを脅かした終末の獣……覇王の残滓は倒された。星蘭さんが短い寿命に焦ったり、カエデさんが命を奪うかもしれないと怯えたりする必要はないのだ。

これからセキレイは、ゆっくりと……だが確実に、失われた千年を取り戻していくのだろう。

照れつつも手を離さない二人に、俺は惜しみない拍手を贈った。

好評発売中！

実力が伸び悩み、一時的にパーティを離れていた冒険者ブライは、理不尽にもギルド追放を言い渡される。さらに仲間もブライをあっさり切り捨て、リーダーに恋人まで奪われる始末。一瞬にして仲間も居場所も失ったブライだったが、毎日様々な特典を得られる【ログインボーナス】という謎のスキルに覚醒。スキルの導くまま、辺境の村を舞台に新たな仲間とおくる新生活がスタート！ しかし、その村はある問題を抱えていて——!?

◎B6判　◎定価：748円（10％税込）　◎ISBN 978-4-434-32324-9

Webにて好評連載中！　アルファポリス 漫画　検索

異世界ゆるり紀行
子育てしながら冒険者します
1~15
水無月静琉
Minazuki Shizuru
シリーズ累計
110万部（電子含む）
突破!!
2024年待望のTVアニメ化!
1~15巻
好評発売中!
コミックス
1~8巻
好評発売中!
異世界ゆるり紀行 子育てしながら冒険者します
水無月静琉
転生したら、双子を保護しました。
子連れ冒険者の異世界のんびりファンタジー!
子連れ冒険者ののんびりファンタジー!
神様のミスで命を落とし、転生した茅野巧。様々なスキルを授かり異世界に送られると、そこは魔物が蠢く森の中だった。タクミはその森で双子と思しき幼い男女の子供を発見し、アレン、エレナと名づけて保護する。アレンとエレナの成長を見守りながらの、のんびり冒険者生活がスタートする!
異世界ゆるり紀行 子育てしながら冒険者します
水無月静琉
みずなともみ
1
転生したら、幼い双子を保護しました。
シリーズ累計15万部!!
●各定価：1320円（10%税込）
●Illustration：やまかわ
●漫画：みずなともみ　B6判
●各定価：748円（10%税込）

この作品に対する皆様のご意見・ご感想をお待ちしております。
おハガキ・お手紙は以下の宛先にお送りください。

【宛先】
〒150-6019 東京都渋谷区恵比寿 4-20-3 恵比寿ｶﾞｰﾃﾞﾝﾌﾟﾚｲｽﾀﾜｰ 19F
（株）アルファポリス　書籍感想係

メールフォームでのご意見・ご感想は右のＱＲコードから、
あるいは以下のワードで検索をかけてください。

アルファポリス　書籍の感想　検索

ご感想はこちらから

本書はWebサイト「アルファポリス」（https://www.alphapolis.co.jp/）に投稿されたものを、改稿・加筆のうえ、書籍化したものです。

トカゲ（本当《ほんとう》は神竜《しんりゅう》）を召喚《しょうかん》した聖獣使《せいじゅうつか》い、竜《りゅう》の背《せ》中《なか》で開拓《かいたく》ライフ３
～無能《むのう》と言《い》われ追放《ついほう》されたので、空《そら》の上《うえ》に建国《けんこく》します～

水都 蓮（みなと れん）

2024年 1月31日初版発行

編集－勝又琴音・今井太一・宮田可南子
編集長－太田鉄平
発行者－梶本雄介
発行所－株式会社アルファポリス
〒150-6019 東京都渋谷区恵比寿4-20-3 恵比寿ｶﾞｰﾃﾞﾝﾌﾟﾚｲｽﾀﾜｰ19F
TEL 03-6277-1601（営業）　03-6277-1602（編集）
URL https://www.alphapolis.co.jp/
発売元－株式会社星雲社（共同出版社・流通責任出版社）
〒112-0005 東京都文京区水道1-3-30
TEL 03-3868-3275
装丁・本文イラスト－saraki
装丁デザイン－AFTERGLOW
印刷－図書印刷株式会社

価格はカバーに表示されてあります。
落丁乱丁の場合はアルファポリスまでご連絡ください。
送料は小社負担でお取り替えします。

ISBN978-4-434-33333-0　C0093